Una Lente y Dos Telones

Gustavo Manrique García

Título original: Una lente y dos telones
Autor: Gustavo Manrique García
Primera edición: 1

Edición 2023
Diagramación: Sergio Cruz

Impreso por:
Amazon
Queda hecho el depósito legal
Reservados todos los derechos.

Queda rigurosamente prohibida la reproducción total o parcial por cualquier medio o procedimiento incluidos la reprografía y el tratamiento informático.

*Gracias a mis hijos por su apoyo a mis escritos.
A Paula, por su aporte con el arte y diseño de la portada.
Y a Adrián, por la revisión del texto.*

Adopta el ritmo de la naturaleza; su secreto es la paciencia.
Ralph Waldo Emerson

Aquel que tiene un porqué para vivir se puede enfrentar a todos los "cómo".
Friedrich Nietzsche

Prefacio

En la primera parte de este poemario, el lector podrá encontrar el punto de vista de un viajero de la vida, al frente de una elemental percepción de la naturaleza y una visión sobre su posible origen, que desde el comienzo de su recorrido motivó la admiración al viajante, y le invitó a descubrir el paraíso y sus alrededores, en el paisaje de la creación; pero también le llamó la atención, para referirse al desastre que va dejando el escuadrón del ser humano, en el disfrute de los regalos naturales, en su peregrinaje por el mundo.

En la segunda parte, el transeúnte relator descubre su ventana personal, para viajar con ella por algunos caminos de la tierra, con el propósito de recoger con su lente sensible, las imágenes grabadas con su propio filtro crítico, para luego proyectarlas en un segundo telón, donde trata de mostrar un punto de vista sobre su entorno social, ante el eventual espectador que tenga el tiempo y el interés de hacer una pausa reflexiva, en alguna idea expresada en las páginas de este manuscrito.

UNA LENTE Y DOS TELONES

GUSTAVO MANRIQUE GARCÍA

1.0 PRIMER TELÓN

EL EDÉN, SU ALMA Y SU ESTROPICIO

Entrada libre

Antes de la primera función, en el teatro de las sombras
el primitivo espectador solo tenía al frente un telón neutro.
La caverna era la extensión más grande imaginada
y una zancada fue la mayor distancia de sus lances.
Pero cuando un inquieto mancebo soñó con la silueta
corrió detrás del olfato para averiguar por la figura,
percibió en su espacio el calor de la duda creciente
y empezó a medir la distancia con el afán del tiempo.
Quiso averiguar por la señal que perforaba las tinieblas
pero solo pudo ver el reflejo de un rayo deslumbrante
que lo hizo devolver al escondite, del bastidor oscuro
y empezó a anudar el cordel con la pregunta nueva.
No encontró una respuesta en la memoria de las señas
y retó a los vecinos a definir el color del relámpago.
El anunciante helado lo pintó con el rojo del fuego
y fue a encender la hornilla para abrigar la casa.
El actor rural lo definió con el tono de su esperanza verde
y fue a cosechar el huerto con el vigor del árbol.
Pero el obcecado navegante dijo que la señal era azul
y se lanzó al lago para acicalarlo con el tono del cielo.
Desde entonces, la idea fue teñida con variados matices,
el ojo vio la mezcla y el pensamiento le tamizó el recado.
Pero el lente del juez salió a exponer su visión de la apuesta
y en su euforia rompió el cristal del lente en mil pedazos
que fueron cayendo en una llovizna de colores
pintando las nubes con los matices de la luz
y colgaron guirnaldas en la presentación del arco iris.
El asistente sintió el indicio, y la noción lo llevó a correr el velo
y detrás del telón halló un mundo de sensaciones y de ideas
donde los ojos de la madre iluminaban los presentes
del padre que los trajo, para compartir El Edén y sus encantos.
El esplendor llevó al guía, a preguntarse por la cuna de su especie
y el espacio para avanzar, por los inquietos descendientes;
pero solo pudo ver el ínfimo trecho de su itinerario por el mundo
y la enorme altura de los vuelos, para los pasajeros del tiempo

donde el único límite fue el techo de la razón, en el circo real la herencia inmaterial del creador de la obra.

1.1
LA PRIMERA GRACIA

La señal de origen

Según lo revelado en el poemario del Génesis, cuando no había más que oscuridad, la mano omnipotente desplegó su agenda, y la primera gracia estaba allí, para dejar ver las maravillas de la creación. La orden fue:

Hágase la luz

Dicen que ella llegó en un acto gentil
de obediencia cósmica
dando inicio al viaje temerario
anunciado en el preludio del día
por la voz que despertó a los astros.
Su presencia estaba en los ojos
que vieron la conveniencia de la luz
para la continuación de la obra.
El explosivo comienzo
derrumbó los sorprendidos límites

abriendo las cortinas
del ignorado, infinito corredor.
El cuarto día de los milagros
encendió el foco permanente
del sol y de la luna, en jornada continua.
En la órbita del celestial periplo
el faro se entusiasmó por la sombra
y en su ilusión, solo pudo ver la espalda de la tarde.
Pero el encanto de la espera y la búsqueda persiste
con la mutua y complacida observación
en cada amanecer de sus encuentros.
Y los beneficiarios del regalo estelar
los seres vivientes del planeta azul y verde
pasamos divagando entre las teorías del origen
y el temor a los enigmas del destino.
Pero muy pocos aprecian el presente
envuelto en las coloridas pinceladas de la luz
y la entrega de la generosa porción individual
en su venturoso paseo por el mundo.

La mira del explorador

La impasible sombra, espacial vigía de los sueños
no supo dar cuenta de su espera en el limbo
hasta que fue sorprendida con el toque del rayo
y marcó ese hito, en la página del primer día
empezando a escribir la historia, con su despertador.
Desde el comienzo, ella se motivó con la ilusión del fuego
en su lanzamiento a las orillas del espacio
y salió a despejar la vía, con la ilusa propuesta
de explorar la vecindad de la galaxia.
Y se unió a la corte del diligente viajero
para salir a la azul bóveda a colonizar el horizonte
con la medición de una jornada en las rondas lunares.
Fue la primera fantasía del más iluso del salón
que empezó a soñar con el fulgor del alba

para salir del nimbo a la espaciosa pista
que dormía bajo el velo de la pupila inerte.
La temprana motivación para despertar
a la bella durmiente de las noches remotas
y adivinar el devenir, en su contemplación.
Pretexto de un movimiento de los párpados
notificados por huidizas sombras
y acompañadas por espontáneos meteoros
que pasaron saludando con mágicos festones.
Fue la presentación del regalo celestial
que se levantó con el arcano amanecer.
Un fantasioso vigilante del estrellado cobertizo
dice que hay sondas que continúan viajando
porque intentan medir la elevación del cielo.
Pero otros críticos mirones le responden
que los rastreadores solo podrán seguir vagando
en la pista amorfa del sideral espacio.
Y si el primer viajante, no ha encontrado la frontera
el atento vigía tendrá que seguir esperando
en el espacio del obstinado explorador
sin norte, ni variantes.

Un salto al vacío

*La intrépida señal
se balanceaba en la orilla
del atractivo precipicio
desafiando a las tinieblas.
Le estremecía el salto al vacío
pero la decisión no esperó
ni el menor aleteo de una pestaña.*

*La nube adormecida
despertó con el primer saludo
de la aurora retozona.
Se revolvieron los cristales
con la naciente chispa
que venía ansiosa por cautivar
a los ojos incrédulos.*

*Y se deslizó la duda
de la obstinada sombra
desvelando el enigma.
Los temores se despejaron
en los iluminados ojos
de un apacible estanque.*

*Fue el avance victorioso
del visitante emocionado
por ver el rostro de la anfitriona oculta.
Y la dureza glacial se hizo sonrisa
con la aparición de una alterada imagen
en el vibrante espejo.*

Fuego sin luz

Una borrascosa exhalación
de la candente entraña
fue el testimonio de la mítica forja.
El rastro de un primitivo anhelo
del nevado y la tundra
para abrigar la casa.

La pasión de la yesca y el leño
por encender la vela
en la cita nocturna.
Una ofrenda con la chispa ritual
en el antiguo culto
de un anhelado encuentro.

El fuego llegó para encender la alegría
en la intimidad de la hoguera fraterna
del iluminado refugio.
O para prender el arrebato
en el medroso estornudo
del legendario dragón.

El calor del elemento incendiario fue atrapado
detrás de las rejas de la chimenea terrenal
y en la térmica fuente del palacio.
Pero también, la fuerza de la llama fue raptada
por el odio del lunático, enloquecido por los celos
que se atrevió a abrir fuego, en contra de su hermano.

El farol espía

Una burbuja encubierta me asediaba
detrás de la tenaz guardia de mi sombra
que rastreaba mis andanzas
y el techo en las posadas del camino.
Pero ella, solo tenía que ver el rastro
de unos pasos inciertos.

Seguramente, la llevaba el murmullo
de mis palabras solitarias
preguntándole a los contertulios del viento
por la fuente de un aroma ruidoso
que se metía en mis sueños, rodeándome
con su manto invisible.

De pronto, llegó una amable sugerencia
del consejero, amigo del silencio
con la voz afinada en el reposo
al tapado oído de un terco viajero.
El canto alegre de los ángeles
invocando al sereno guía del regreso.

Pareció una llamada de atención
de los consejeros, los vigías celestes
conmovidos por los viajeros extraviados.
Y el nuevo guía vino a señalar la razón del desvío.
El querer ignorar la cercana luz de mi farol
por perseguir el brillo, de una estrella lejana.

La luz de una mirada

La espontánea sonrisa en el rostro de la joven
fue provocada por el primer mensaje
y la sensación de un milagro viviente.
La madre supo que ese íntimo gozo
era el despegue del viajero invisible
que tomaba vuelo en la pista de su alma.

Entonces, ella solo quiso soñar con el itinerario
en la nocturna vía de las luciérnagas
que vinieron muy pronto a provocar el desvelo.
Fue la serenata de los ángeles cantores
que ensayaban una antigua melodía
con los nuevos arreglos de la canción de cuna.

Y empezó a preparar la fascinante vigilia
abriendo las ventanas de la casa
para llenar de alegría los rincones.
El aire fresco con aliento amable
movió jubiloso el velo de las nubes
para dejar pasar la bendición del cielo.

No se detuvo a medir el tiempo de la espera
sino a consentir el crecimiento del apego
que venía envuelto en el instinto de la prole.
Y la razón le dijo, que su misión no tenía un calendario
pues la vio en el solaz de una muñeca abriendo la alborada
y luego la imaginó volando sobre sus propios sueños.

Y la antigua hoguera de la vieja casa
en donde se han abrigado los viajeros del tiempo
se volvió a encender con la antorcha divina.
Llegó para alentar el fervor de la familia
que esperaba al nuevo pasajero del planeta.
El mayor regalo del cielo despejado
la tierna luz, en la mirada de un hijo.

Mi porción luminosa

Nadie supo cuándo ni de donde partió
pero dicen, que ella cruzó la línea antes que el aviso
de la explosión, en su lejano punto de partida.
Algunos afirman que su misma señal fue a correr el velo
de la brillante apertura, solo por su fantástica velocidad.
Viajando en líneas doradas, le marcó la ruta al fulgor
para perforar el insondable abismo
vertiginosa expansión del lanzamiento.
Gracia del rayo, al convertirse en llama
y detenerse para encender la antorcha
despertando al gigante del glacial dormido.
Él se movió con la energía del corazón ardiente
en el encuentro con la nieve, que voló a las nubes
como una salida en la separación de los poderes.
Generosa aparición de la antorcha
con el benéfico regalo de una fogata
que vino a calentar la casa y a descubrir el horizonte
haciéndonos propietarios de una porción
del esclarecido y cálido elemento
el repartido farol de la señal exploradora.
Nadie conoce el destino de la Vía Láctea
y menos la ruta de su vecina Andrómeda,
pero en un planeta hallamos un punto iluminado.
La vida es un halo del creador para los seres terrenales
como una parte de la herencia imponderable
y una muestra menor, de lo pasajero ante lo eterno.

*Desde el afortunado mirador de un ojo peregrino
complacido con la visión parcial de la campiña
declaro, que viví y disfruté mi parte del paseo.
Cuenta poco, tratar de ubicar la nave en el espacio
si el tiempo del pasajero es solo, su personal trayecto
y para él, la luz del mundo empezó a existir, en su abordaje.
Mi lente ha sido un modesto observador de los regalos
encontrados en la duración de un corto vuelo
y guardados en la grata recordación del recorrido.
Gracias al gran farol, por mi porción de luz
y por el paisaje compartido con mi adorada compañía;
el grupo familiar de los brazos crecientes.*

1.2

FORMAS LÍQUIDAS

Pintando el lago

Fluida esencia retratista
sumergida en la paz de las albercas
para capturar el rostro del visitante
y revelárselo claramente al cielo.

La magia de un pincel flotante
con el panorama engalanado.
El color palpitando en su paleta
con la nueva imagen de su creación.

El hondo lienzo en extendido plano
reproduciendo la obra
sobre su manto líquido
con la fidelidad soñada.

*La desbordante creación
de la acuarela aumentada
con las ondas del río
hasta la sala de exposición del océano.*

*Una nube en la ruta de los vientos
olas de arrullo, rendición y pánico
marcando el cielo con chubasco y copos
para atender a los sedientos del camino.*

*Larga ruta de la fuerza cambiante
desgranando un aguacero sobre el sembradío.
La bendición del esperado encuentro
con una descarga de su garrafa
sobre el ansioso desierto, remojado.*

La efusiva copa

*Después de la primera jornada,
pero antes de la fatiga
ella ya estaba dispuesta
a regar el jardín y a calmar la sed.
El segundo día de la creación
se recogió en la efusiva copa
para brindar con el cielo
que la vio como su espejo azul.*

*Obedeciendo la orden soberana
tuvo que separarse de lo inmenso
para reconocer el fondo
de un intrigante nuevo lecho.
Quería seguir averiguando
en el asignado lado opuesto
la cuantía de la profundidad
creyendo que era solo suya.*

*Pero tuvo que detenerse
al recibir el chispazo
de la pasión del agua
vibrando al frente del fuego.
Supo que el efusivo encuentro
era la repetición de la saga
del explosivo origen
y no quería seguir conmoviendo
a la abnegada madre.*

De la nube al charco

*La sigilosa caída
de un cristal fragmentado
empezó a repicar en las ventanas
anunciando la anhelada llovizna.
Parecía unirse al cascabel
de las cigarras sedientas
conjurando el dominio
de la sequía.*

*Un jubiloso tecleo
de espaciados acordes
salió a repicar en las tejas
templadas con el calor de la cabaña.
El creciente festejo
zapateando sobre el lomo de la casa
subió a agitar en el campanario
el regocijo de los árboles.*

*La generosa verbena
del destilado obsequio
bajó a refrescar el cauce
del agonizante arroyuelo.
Las hojas jugaban con la brisa
llevadas por la bebida eufórica.
Y se lanzaron a danzar sobre el río
flotando en sus sandalias.*

*Un agotado estanque
perdido en la manigua
y en la ansiedad de los batracios
revivió con el canto
de una garganta agradecida.
Pero la sobrecarga de emociones
estalló con la pasión del rayo
rodando en la borrasca.*

Las divas mutantes

*Ellas son las gotas peregrinas
sumidas en la gira continua.
Juegan por entre las rocas anegadas
con su galope líquido.
El caudaloso estruendo
de las diminutas pandilleras
que se camuflan en el río.*

*Unas corren dejando
bendiciones floridas
en el surco anhelante
remojando los terrenos partidos.
Van seguras de encontrar la recompensa
en el anunciado aroma
de una jugosa fruta.*

*Otras vuelan pegadas
de una orgullosa nube
al palco celestial.
Descuelgan los grandes favores
entre la lluvia y las centellas
complacidas con ver una hoja verde
sobre la adusta arena.*

*Y continúan con la misión
recibida en el legado
del portentoso guía.
Van del rocío a la tormenta
con la soberbia humilde
el claro poder de una caricia
refrescante.*

La cascada lejana

*Una gota limpia, no parecía costosa
en el lejano torrente de agua clara
hasta que la hornilla de la senda
y la sed de un caminante bisoño
hicieran suplicar a mis labios
por un trago de agua pura en el pantano.
En la corriente sucia y el fango de los ríos
solo navegaba el veneno, y la dicha
de los dueños del mineral lavado, en el abuso.*

La cascada lucía en la distancia
como el fulgor de un rayo inverso
subiendo con la emanación
recogida en el golpe de la borrasca
sobre las impasibles rocas.
Fingían devolverla a las nubes
como si no le importara
lo reseco del camino
ni la sed de un despistado viajero.

Una nube de tierra
en la destapada trocha
parecía ser la usual respuesta
de una agreste región
al ancestral olvido de su gente.
No había calculado el valor de una gota
ni el sabor de la sequía en mi gaznate
y el aguante fue la vía más costosa
que el sueño de una copa
de agua potable, en el oscuro lodazal.

La fuerza del molino

Al pie de la cordillera
el celador de una antigua cabaña
se entretenía mirando el caudal
de una cascada transparente
que caía con su fuerza líquida
sobre las aspas del molino.
Ellas movían la pesada rueda, sin pausa
y sin las emisiones, que un siglo después
otras fuerzas cambiarían el lastre del aliento.

Dos grandes cilindros de roca sobrepuestos.
Solo uno giraba con el afán del operario
por descargar de la tolva
los bultos del resultado de la trilla.

*Era la bendición del grano seco
recogido en el mismo campo
donde en los viejos tiempos
los labradores recibieron el maná.*

*Después del duro trabajo
que para el agua fue solo rodar
con le energía que hizo girar la rueda
volvió en su tobogán al río
para seguir transportando la barca.
La suerte de la molienda pura
fue llevada hasta la puerta del horno
en donde el amasijo obtuvo el aroma y la forma
de la ración bendita; el pan de cada día.*

Acordes blancos

*Los chicos los habían visto en la arcaica foto
de una tarjeta navideña.
Sobre la copa de las ramas coníferas
en el espeso tul del bosque
y en la salpicada piel de un manto gélido.*

*En la blanda pista del trineo
viajando en las historietas
por las montañas y las calles moteadas
buscando chimeneas.
En el adorno de los regalos
matizados con la espuma albina
de la envuelta sorpresa.*

*La sinfonía de suaves acordes blancos
era el fantástico escenario
de las aventuras soñadas por mis hijos.
Los viajeros del trópico, expectantes
de amasar la abultada ligereza
y contemplar la espuma congelada
en los imaginados territorios.*

*Cuando los sueños descendieron
a correr la cortina de las mudanzas
el despertador invernal de Toronto
recibió a los chicos en el jardín acolchonado.
Les tomó la huella de las alas abiertas
para dejar grabado el abrazo en el prado
con la abultada figura del ángel de las nieves.*

Señales migratorias

*Pompas de luz cargadas de rocío
cayendo con las primeras notas
del blanco recital de la temporada
con las voces de su color.
Llegaron a ocupar el lugar de las hojas
que huyeron presurosas para buscar refugio
debajo del gran árbol de la Navidad.*

*Remolón anuncio del espacio
preparando el suave descenso
de la refrescante anualidad
en su acucioso cumplimiento.
Detallada programación
animada con los villancicos
convocadores, celebrantes.*

Restauración de la blancura
sobre el estanque inerme
deteniendo el temblor en el espejo.
Ocupación del espacio de los gansos
que salieron de viaje
a buscar el calor del trópico
para animar la voz de los niños cantores.

Marcada travesía de los vientos
para las bandadas migratorias
que van con los fugitivos de la brisa polar
para adornar los pesebres navideños.
Mientras unos pocos oriundos y corsarios
se deslizan sobre el lago congelado
alistando la pista de esperas y reencuentros.

Los sueños de un renacuajo

Desde las gruesas nubes de mi aliento, reciclado por décadas
y de la distancia cubierta con las hojas del almanaque
he divisado sin alarmas, el faro del anunciado puerto
a donde voy navegando por el rio de las ondas románticas.
El retrovisor del tiempo me lleva hasta el origen
de mi primer temor que se volvió confianza al saludar al agua.
Antes de querer nadar como un anfibio osado
el golpe de una gota fresca me hizo huir de la lluvia
y desde lejos, empecé a admirarla con respeto y asombro.
El inicial temor al frío se convirtió en un ardiente reto
de afrontar la cobardía, con la intención del niño
para asustar al vecino, con un chorro de ese juguete líquido.
No tuve que ir muy lejos, para sumergir las manos
y refrescar los indicios de algún lago tranquilo
que arrullara el fluido de una burbuja amable.
Y en la cubeta del jardín sufrí el primer naufragio
cuando un rostro bisoño, me invitó a husmear en su espejo
y resulté inundado, rodando con terror en la avalancha.

*Mas abajo del jardín El mirador, fluía un claro manantial
que, en una antigua época abasteciera La laguna
Y originara el nombre de una acogedora y explanada finca.
Fue allí donde el abuelo Abelino construyera su casa
y recibiera a Barbarita, mi madre, la primera de sus gratos retoños.
Y en un cerro verde, al frente de La laguna brillaba una cascada
que su propia figura y color le marcarían el nombre.
Era el Chorro blanco que ordeñaba la peña, sin recato ni pausa.
La curiosidad de un chico por descubrir lo oculto
me llevó a preguntar por el origen del majestuoso chorro
y un día, mi hermano mayor me invitó a una excursión.
La aventura empezó en El cedro, un pozo azul salpicado de peces,
siguió con la escalada a las rocas, escudo y refugio de sus duchas
para intentar probar el golpe de los chorros más altos,
mucho antes de ir al humedal, donde nacían las gotas.
La orilla de los riachuelos fue el sendero obligado a descubrir
con las sorpresas salientes de un mundo subacuático.
Entre el monte y los charcos, fui una especie rara en plan de prueba;
el nadador, que se creyó con alas de pato y no llegó ni a batracio.*

1.3

COLORES Y SONIDOS

El abrazo verde

*El huerto exhibe en brazos largos
el ostentoso fruto de su entrega
bajo los ojos vigilantes
de las corolas, que acompañaron el desfile.
Ellas se armaron con el airoso encanto
de su perfume, guardando los escudos
para esperar con su abultada tropa
la programada estación de la cosecha.*

*Efusiva labor recompensada
con el color que invita a celebrar
la reincidencia del cultivo.
Nueva exhibición del creador celeste
extendiendo su obra en la pradera
con una generosa pincelada
sobre la exposición de la vendimia.*

El brote de los retoños vecinos
unidos a su pandilla protectora
rodean el campo de la recolección
con un cerco del alambre orgánico.
El escalón del árbol fue el soporte
de la yedra, para alcanzar la empalizada
y subir sin apuro hasta la copa.

Laboriosa aspiración de la arboleda
con las hojas recicladoras, saludables
que le tamizan los colores de la luz.
Los revuelve en el mezclador de su paleta
para pintar el ajuar de los pimpollos.
Tonificación del tejido vegetal
con el legado apego de un abrazo verde

De la semilla al árbol

En el ritual encuentro
el surco estira los brazos
revolviendo la tierra esperanzada
con el grano cautivo.
Comparten halagos y penumbras
con el brote de los cordeles umbilicales.

Tallos y raíces creciendo en doble vía,
unos hacia el dulce apego de la cuna,
otros bajo el rudo control del viento
atados a la celosa yunta
con el cordel de una cometa
flexible a los anhelos.

*Legado de la pasión y el compromiso
de navegar en dos caudales
con alas y botines.
Recibe los favores del cielo y de la tierra
para retornarlos, con albricias.*

*Asume como el fructuoso heraldo
sustancia y escudo del respiro
de su matrona y reino.
Se balancea con un gracioso amago
entre jugar a tamizar la brisa
y capturar la luz, para pintarla.*

Las pedigüeñas frescas

*Las tiernas hojas
mantienen la mano abierta
rogando por una simple gota
del soberano azul.
Se agitan con el viento
para ganar la atención de los aliados
de su causa vital.*

*Las solidarias ramas las exhiben
y en su argucia por lograrlo
las suben al ropero
de vaporosas prendas
envolviéndoles la piel
en sugestivo aroma.*

*Se pintan la melena
con el encanto maquillado
de los rayos altivos.
Programan la temporada
acicalando el bosque
con los ramos de la estación.*

*Sus pedidos esperan en vigilia
por la destilación del bochorno
con el filtro de sus fosas en el aire.
Beben halos de fuego en copas de hollín
brindando con suspiros contagiosos
por las verdes intenciones, salvadoras.*

Coloridos sueños

*Pompas de luz cazadas en el cielo
por las sibilas verdes
para encender los adornos
del vibrante follaje.
Picoteando el arco iris
se pintan con la escobilla
de su humilde jactancia.*

*Se posan en la corona
de las altivas damas
en la extendida jungla.
Junto al suntuoso balcón
de un tierno y palpitante nido.*

*Desparraman el color
publicitando el fruto
con engreídos pétalos.
Vaticinios de la abundancia
enviados con la hinchazón
de las espigas.*

*Se despojan del ufano atuendo
para envolver el regalo
en el estuche de la cáscara adulta.
El sabor de las alegrías recogidas
en el paquete pintado de frescura
y el aroma de los sueños cosechados.*

Al frondoso lactante

Eres un bebé enorme, atornillado a la piel
de la jugosa ubre
sumido en tu lactancia adicta.
Revuelves el sorbo en la acuarela
de los cambios programados
con el color de un nuevo semblante
de la fresca arboleda.

Consientes la ventisca
al abrigo de tu leñoso corazón
mudándote de ropa, sereno frente a la nieve
de halago intimidante.
Recibes la florescencia, ensimismado
en el desfile de los retoños
creciendo con el arrullo
de laboriosas hojas.

Trepas como el enviado oculto
esparciendo la expresa entrega
de silvestres y aromáticos regalos.
El balsámico fisgón de las ventanas
narcotizando miedos.

Airoso domador del esmog
chamán del sol, socio del viento,
acosado respiro de la selva
insomne guardián urbano
frondoso defensor del sosiego:

Tú, que te elevas bebiendo emisiones
y sobrevives devorando destellos
deja volar la savia mágica
para que podamos aspirar tu paz y expirar de pie
rodeados de unos serenos brazos.
Antes de que el mago de tu color
pierda el pincel.

El color del canto

Unas aves vecinas integran el más cumplido grupo
que madruga a ensayar el concierto
al frente de la atenta oreja de mi ventana.
Empiezan afinando las escogidas notas
en el compartido pentagrama de los árboles
al vaivén de unas ramas animosas
que se balancean en la penumbra.

Cada trino distribuye el color
en el telón del horizonte
abriendo lentamente las cortinas
con la nota puntual despertadora
de un espontáneo mirlo.
Emprenden arreglos de prueba
con el coral de los ruiseñores y canarios.

La arboleda les ofrece un salón
para integrar el ascendente solo del turpial
y el dúo de las pavas que entonan su respuesta.
De lejos, se escucha el canto
de los que quieren juntar la voz.
De cerca, se ve la emoción que vuela
para abrazar a los vecinos del espacio.

Al cancionero picaflor
le sigue el canto, con los instrumentos elegidos

por los insectos y batracios
que proponen, y prueban su participación.
Quieren integrar su voz al nuevo repertorio
con el motivo diario: el grato saludo al cielo.
Es la recolección en el boceto del paisaje
que se extiende con la resonancia del concierto.

Huellas aéreas

Gambetas en el aire
del pico ansioso y la arisca pluma
seguidos por una mirada intensa.
Juegos en el exclusivo espacio
con una sorpresa abierta
en cada nuevo lance de las aves.

Tempranas aventuras
guiadas con el control cercano
de la edad de las pompas.
Teatrales desafíos
enfrentándose al viento
y al vuelo de una audaz golondrina.

Ligera pesadez
de la incipiente masa
ansiosa del libre movimiento.
Anónimas huellas
abiertas en el recorrido
de las volubles hélices.

Es la extendida temporada
de las aventuras aéreas
sondeando en el cielo
los intactos caminos.
El navegante en la intuida ruta
de los vuelos soñados.

Rondas de cigarras

La escandalosa corista subió la voz
al sentir que la suya se perdía en el murmullo
y ella ansiaba mostrar su elevado tono
para llenar el salón de la arboleda.
Quería ser la solista de las notas escritas
instrumento y sonido de un reclamo.

Nadie anunció la entrada
ni leyó su improvisado repertorio,
pero la chicharra creyó sonar
cuando encontró una escucha agobiada
por el calentamiento de la brisa
en la disminuida sombra del bosque.

Voces captadas por la atenta ninfa
Interpretando los mensajes.
Les contesta con un haz de cascabeles
que acompaña con agitado ritmo
para llenar el corto espacio
con voces desgarradas y cantos agoreros.

Las sobrevivientes reclaman por la aridez de la tierra
añorando los tiempos de abundancia
y algunas solo quieren meterse en los oídos
de los invasores, para punzar el tímpano indolente.
Todas suspiran, pero anuncian la próxima función.
Lamentos por el lejano desierto abrazador
alertas en el cercano bosque amenazado.

El timbal del grillo

*El clandestino timbal
percute en la jungla agonizante
con cristalino tono.
Repite los mensajes de la tribu
en clave compuesta
con la sospecha de un cercano funeral.*

*Avisos de la toma
de la arboleda y de la estancia
en lenguaje cifrado.
Cambio de la supuesta bienvenida
en tenebrosa verbena
desvelando el mortal ataque.*

*Mezcla del sonido metálico
sobre el pellejo oscuro
con toques de fanfarria
camuflando sollozos.
Favor de los brebajes donados
para ahogar el lamento de las víctimas.*

*Cambios en el impacto del chirrido.
El cautivo solista del arrullo
en la dorada celda
y el libre anunciador del réquiem
arañando los aros de un trebejo
con cuero y canto rotos.*

Detrás del bosque

El excavador enajenado babeaba
abriendo la puerta del frondoso túnel
para buscar el imaginado botín
que un día le despertó la codicia
por los tesoros subterráneos
y por los territorios detrás de la frontera.
No le importó el cerco permanente
de los ojos vigías que siguen desde el cielo
a los merodeadores, en jornada continua
y mantienen informada a la impasible madre.
Aunque ella se confió perdidamente
a la bondad, que le heredó a sus críos
y en la paz, su afectuosa ración de convivencia.
Quiso guardar la despensa tras la selva
y el huerto, para el diario vivir de sus creaturas.
Para mantenerlos, una cortina de nubes fue su techo
con altos surtidores para regar el jardín
y mágicos espejos para admirar el cielo.
De pronto sintió los golpes del excavador
con mil punzadas en el alma indefensa
pero ella, solo suspiró con un halo de brisa
pensando en alguna travesura de los hijos.
Sintió el temblor con el rugido del taladro
y alzó los brazos en señal de calma
moviendo mansas las ramas de los árboles
pero la sorpresa fue más alta que el tejado
con la explosión de una guerra entre sus críos.
El humo del desastre subió hasta las estrellas
rompiendo el espacio e infectando el aire
para bajar después en lágrimas de fuego.
Se descongeló el polo en cascadas implacables
dejando al mar fuera de sus casillas.
Y los asaltantes no pudieron disfrutar
el tesoro arrastrado, por su propio delirio.

1.4

RESPIRO OSCURO

El golpe del minero

*El afinado olfato del peón es alterado
por el metal del ladino patrón de la comarca.
Por la paga, madruga a excavar en la pradera
lo que no encuentra en la abundancia
de su huerto, ni en su interior fortuna.
El túnel que no alcanza a cavar con las uñas
lo ejecuta con las pesadas herramientas
y con el fuego que derrumba la montaña.
No lo llenan los regalos de la granja
y perfora las entrañas de la tierra
buscando el brillo oculto de sus joyas
y el tenebroso fuego líquido.
El patrón, va a vender la herida abierta
al concesionario del poder
para aumentarla, y hacer legal
la destrucción masiva.
Destapan la jugosa fuente negra
y el ansia de los glotones del desangre*

*que no atienden la queja de su propio aliento
ni la agonía, con los estertores de la madre.
Ella va sofocada con el tufo orondo de los hijos
que, en su euforia, no oyen las quejas de la mártir
ni la voz de los que reclaman aire puro.
El golpe del minero llega hasta el toldo atmosférico
que se consume entre la ardiente emanación.
Y el negocio de los cuantiosos rendimientos
sube con el estatus del patrón y sus secuaces
con los bolsillos llenos para exequias baratas;
compartiendo el funeral común, con el minero.*

La abnegada mama

*No termina el festival con el invierno
ni las flores renuncian al color
solo se cambia de atuendo el escenario
y se alista para el siguiente capítulo del tiempo.
Se recoge la fronda solidaria
para arropar la pradera congelada.*

*Una acolchada sábana recubre
el reposo de la tierra, convencida
de preservar el calor de sus entrañas
para guardar de la nieve a los polluelos.
Les confecciona en su seno un nuevo traje
para invitarlos a admirar la primavera.*

*Un nuevo certamen moviliza el campo
con la sonrisa avasallante y verde
de una ilusión que es cultivada en surco fértil.
Los tallos de una legión agradecida
brotan por los poros de la tierra
creciendo con la fiebre del verano.*

La espera del fruto aumenta el entusiasmo
del labrador aferrado a la confianza
de la huerta, que le entrega su alma en la cosecha,
aunque ella dice que es solo un encargo de la mama grande.
Y mientras unos le rasgan la piel y bombardean el aliento
otros la bendicen por los favores, que preservan la vida.

La nave estoica

La abnegada navegante gime, congestionada y mustia
porque su órbita está sucia, llena de cohetes y escombros
pues los sabios ingenuos, y el negociante excelso
envían al espacio los satélites, como elevando pompas.
Han hecho un basurero en su inerme envoltura
que antes era la sombrilla de los seres terrenales.

Aunque ella se transporta en clase planetaria
guiada por la fuerza de la estrella mayor
no puede apartarse del humilde objetivo
de llevar en el lomo a su variado enjambre.
Es la orden superior de proteger el viaje
con la misma bondad del padre, el creador del cielo.

Lleva su itinerario marcado en el origen
donde el autor de la obra les grabó el cometido
a cada uno de los bendecidos elementos
puestos al servicio en el hogar de todas las especies.
Todos vamos atados a la afectuosa piel
alimentados con las viandas de su amable despensa.

Tiembla, tose y se abate en el sillón del tiempo
con la fiebre que le produce el fenómeno climático
que oscurece la vía de la nave ambulante.
Pero ella es la madre que sigue en su misión estoica
aun cuando algún hijo osado quiera salirse de su órbita
a buscar otro hogar queriendo desconocer el suyo.

Caro respiro

Lo bebo afanosamente despacio,
antes de que sea más sombrío y costoso
mermado, aún puedo disputarlo
con extraños y propios.
Ellos me miran como al voraz bicho
porque respiro más de lo que pago
la cara suciedad raposeada.

Llega la escasez de oxígeno y de amigos
que sobraban cuando inflábamos sueños
confiados en la inocente puja
creciendo en el muladar de los socios
todos untados, sin poder denunciarnos.

El investido, parcial concesionario
anuncia la privatización
del aire y el hollín usados
para la reventa estratificada
con tarifa preferencial
para el blanco y último suspiro.

Metido en la adicción colectiva
tengo que racionar la pócima
y tamizar mi caro aliento
para aclarar la negrura
de los que andamos juntos
pulmones y bolsillos, conectados.

Campañas acuciosas, fructifican.
Las víctimas del éxito
y los beneficiarios del desastre
acumulan sustanciosos dividendos
en caja reservada, con esencia aséptica
para los occisos, con delicado olfato.

Aplausos secos

Amagos de un ansioso aplauso
palpitando en las alas del pato
por la lluvia esporádica.
El anhelo de la extenuada fuente
que bebe en las ruinas
de los acosados humedales.

Saludos al espacio
con los disminuidos brazos
cargados con el alquitrán
recogido en el aire.
Residuos marcados en el espejo
del nadador alado.

Lánguido graznido
de la familia arrinconada
viajera por la fuerza.
El ruego por una posible gota
que reviviera el sustento
en el oscuro charco.

Celebración cruzada
de la excursión masiva.
Unos vienen a desafiar el rigor del clima
otros, van a los pantanos afligidos
para verlos partir con la garganta seca.
Los testigos mudos del funeral sin duelo.

Ondas salteadoras

Una horda invasiva
montada en las ondas comerciales
que vuelan con la vendedora de baratijas.
Despiertan los ingenuos oídos
con sugestivas soluciones
para una necesidad, ausente.
La cuña que persuade
con lenguaje atractivo, es el plan
de adiestramiento al consumidor
para probar la suculenta bazofia.
El producto líder del mercado
con el sabroso adictivo inflamatorio.
Martillo de la subasta
vendiendo escudos para riñas sin causa
al arrogante líder del enjambre
que quiere amenazar con armas obsoletas.
La costosa y falsa verdad, se financia
con el presupuesto de la guerra.
El invasivo medio protector
le fortalece el cerco al soberano
contra el informe de la oposición
de certificados argumentos.
Lo cierto se esconde en el lado oscuro
y las víctimas, no existen.
Y, sin ni siquiera tocar, han abierto puertas
hasta capturar tu información privada
pero te consuelan con la seguridad de la nube.
Solo falta que el sistema se caiga
o falle la escalera, para bajarla.
La queja del cliente y del usuario iluso
se cubre con el fuero dominante
en la comunidad de los negocios.
Nadie puede informar sin la licencia fiel
y solo se debe mostrar la fresca verdad
de la conveniencia, construida.

Ángeles migratorios

Entre los pliegues de la ondeante sábana
despiertan chapuzones y plumas
con los graznidos de un resabiado volador.
Abre sus sonoros galanteos
con los aplausos a la brisa aliada.

Bajo el fluido lecho
busca el rastro de la estrella hundida
para beber la luz tonificante
del buceador volátil
y sube con el vigor de la ascendente nave.

Pasa de lo profundo al viento
adelantándose a la escarcha.
Confabulado plan de viaje
unido a la banda amante de la libertad
en el escape del fantasma cíclico.

Arma la caravana con saeta ardiente
para fundir linderos y estaciones
partiendo las nubes con su alado vértice.
Abre reservas en el lejano asilo
dentro de las fronteras de su espíritu
con el retorno fijado en su albedrío.

Me embarco en la emoción de su aventura
para alentar mis pulmones congelados
y al afecto suspendido en la distancia aciaga.
Vuelo con la revuelta migratoria
escoltado por los guías aéreos
desde el helado exilio, al inicial punto de partida.

El vigía ahumado

*El guardia de capa azul, se trasnocha
escondiendo los astros
detrás del velo oscurecido
por el humo de los francotiradores.
A este lado de la trinchera
cuentan más las balas por disparar
que los efectos por recoger.*

*Los reporteros merodean
camuflados con escudo y cámara
emitiendo señales falsas
de enmascarado origen.
Se informan con el respiro del vecino
que emite un estornudo sospechoso
simulando ser de la misma banda.*

*Las ondas espías invaden el espacio
del hogar y el planeta, sin reparos
por el precio, ni por la dimensión del engaño
en una costosa telaraña.
La aguda tromba de perfil cambiado
se mueve en alas fantasmales
incontenibles, sin fronteras.*

*El cuadro pintado por el tizne del fuego
solo mira y escucha detrás de la nube
la mutua reclamación de los rivales.
Cada cual se declara inocente del desastre
pero el vigía les advierte con la voz del trueno
que la guerra es la negación del sujeto racional
y la ceguera del odio, lo devuelve a las cavernas.*

1.5

SENTIDOS SUPLICANTES

Tala de respiros

Entre el carriel y el poncho
se esconde el hacha afilada
pintada de herramienta.
Es el arma sonora del leñador
para talar en el silencio
de los guardaespaldas del árbol.
El golpe del hacha es menos duro
que la advertencia del capataz
al cercano testigo del asalto
y a los dolientes de la floresta.
Si alguien levanta la voz o el brazo
corren la misma suerte que el madero.
Pero más allá, la amenaza no es precisa
porque entra la mano del negociador
que soborna al gobernante
para envolver la licencia ambiental.
Y el sucio negocio se industrializa y crece
para arrasar el bosque sin pena ni juicio.

*El arbusto que no alcanza a ser madera
y el vergel que abriga la campiña
desaparecen en medio de las llamas
esparciendo las cenizas para abonar el lodo
donde el cultivo ilícito crece en campo abierto.
Los que reclaman, son los pocos sobrevivientes
de las aves que debieron cambiar el coro
por la débil palpitación y el último suspiro.
Los ahogados, en el lucro del negocio ajeno.*

Afinando efectos

*El inquieto husmeador hizo una pausa
para seleccionar el aroma a perseguir.
La señal de una fragante evocación
desafiando al veleidoso olfato.*

*Candilejas salieron a correr la nube
desvelando los ojos de la luna.
El espacio de la pasión y los temores
de los que querían ser la mejor vista.*

*El coro madrugador de las aves
brotó de la arboleda adormilada.
El clarín anunciador del alba
despertando al quisquilloso oído.*

*El concierto del grupo emergente
estremeció la aletargada pista.
Pasos y manos trenzados en la danza
del seducido tacto.*

*En el carnaval de las sensaciones
la razón se envolvió en un tono fullero
de unos labios rendidos por la sed
libando con solapado gusto.*

El lente escrutador

Antes del color y el maquillaje
el espejo no conocía a un retratista
que quisiera ir más allá del marco gris.
Ni la flor pudo ser tan presuntuosa
hasta cuando encontró el lúcido ropaje
que la pusiera en el foco
de una mirada alerta.
Solo se adivinaban los duendes
moviéndose en la sombra
de la consciencia apática
en el cuadro vacío.
La rutina de unas manos lentas
llevadas por el bostezo del momento
para agarrar el fruto
sin observar el huerto.
Los oídos del corazón cerrado
para sentir la melodía
de una voz sugerente.
Pero el jardín trataba de llamar la atención
de los ojos perdidos y los oídos sordos
del transeúnte androide
y le pidió al cielo, la luz de los sentidos.
Entonces, el celador de las tinieblas
activó el altavoz de una sonrisa
y la lámpara que despertó la abulia
del indiferente observador.
Y fue la gracia del celestial presente
que vino a mostrar el cuadro del creador
extendido sobre la afable tierra.
El catalejo, que acerca el objetivo
de la retina al alma.

La oreja alerta

El indiscreto oído
pretende escucharlo todo
y empieza a fisgonear en el susurro
de la vecina alegre.
Lleva el recado con único destino
confiado, solo al prudente mensajero.
Invoca el canto emocionado de la especie
que quiere oír los labios del eco
y ensaya la voz de los arrullos
en el sueño que se repite en la memoria.
Pero le tiene miedo a traer el megáfono
de la candente entraña
porque le recuerda el sobresalto del origen
con el inmemorial estruendo.
Mantiene el cuidadoso encargo
recibido con la antigua misión
de ayudar a preservar el tímpano
probando en cauto volumen
su grandioso festejo.
Se emociona con el jubiloso motivo
que llama para anticipar la fiesta
y suena con las primeras notas
del ruidoso concierto.
Ensaya el festejo de los mimos
para celebrar la ansiosa llegada
del primer saludo, enjuagado
en infantiles lágrimas.
Recoge el torrente de las sensaciones
que recibe con las señales sonoras
y lo guarda en el pabellón copioso
de los mensajes, chismes y sospechas.
Cada rumor de penas o alegrías
queda grabado en el álbum privado del oyente
con las notas que animan a su asociada.
Él es la memoria de la golosa débil;

ella, su inquieta comunicadora.

Larga y locuaz

*Antes de probar el sonido
ella quiere hablar de la danza
con la voz de los pasos
que transportan el palpitante ritmo.
La preparación de la cantante
para la tonada confesora.
Los sencillos tonos guturales
son solo el ensayo del canto
en lenguaje cifrado
del musical leído en partituras
y captado solamente por la oreja
de la avezada intérprete.
La voz de las gratas maneras
expresan el mensaje enamorado
en el fonema corporal
de la intención soñada.
Suena la melodía en la cuerda
del afinado cómplice.
Una blanda locuaz es la solista
con la palabra mensajera del gozo
que vuela en la cercana traducción
de unas tramas ajenas
traídas con personal aporte.
Ella es la armoniosa ayuda
del recado preciso
o de la inocente errata.
La palabra escrita y perfumada
era la dulce lengua de una esquela.
La romántica nota en trazos caligráficos
entregada por el mensajero de los sueños.
La declaración sigue sonando pura
cuando interpreta en voz propia
las melodías del alma.*

Rojo vivo

Por las vibrantes rampas y cascadas
de mi privada red circulatoria
fluye la mensajera de los envíos internos.
Ella es guía y entrega en la acordada agenda
del patrón de los senderos de la vida.

El despachador de la corriente silenciosa
envía al recorrido a una guía guardaespaldas
para escoltar a la indetenible caravana.
La vigilante insomne que se asocia
con el suministro de la vital cisterna.

Flujo y guía avanzan, sin lugar a una pausa
navegando por una corriente sin orillas
con misiones solidarias.
El armonioso y cálido rodeo
de los navegantes sosegados.

La insuperable expedición
vibra con la fuerza de su propio torrente
recogiendo lisonjas por los envíos vitales.
El concierto de la materia y la energía
celebrando entre la piel y el hueso.

La marcha sigue el entusiasmo del viajero
y al juego incesante de la avezada guía
con igual destino, la indefinida ronda.
Un árbitro fantasma anuncia la insegura llegada
de la palpitante misión a la quietud del rojo vivo.

Negra meta

En la resbaladiza pista
de un ramificado laberinto
juegan a la lleva mis gotas entrañables,
con un halo que les promete oxígeno y bravura.
Y ellas, solamente estiran la silueta
para recibir una pompa de su aliento.

Circulan seguras, pero agarran sus manos
ante los posibles sobresaltos.
Desde el activo halo que madruga
hasta la oculta sombra que trasnocha.
Porque todos viajan por el circuito amenazado
por trombos y hemorragias.

Aunque embisten con su propio afán
son empujadas por ajenas culpas
recogidas en el puerto, registro del circuito.
Ellas soportan el usual tropiezo de los órganos
con la protectora defensa de un respiro
amparo temporal de la marcha continua.

Pero también, las viajeras más listas
un día son alcanzadas por sus propios temores
que son la fatiga y el colapso de la apostada lleva.
Entonces se encuentran en la común línea
de los fugitivos y las perseguidoras.
La negra meta, y la blanca partida al vuelo sin retorno.

El glotón piadoso

*A pesar de mi abultada ligereza
soy el piadoso glotón que gobierna
el abastecimiento vital.
Sin mí, nadie recibiría confiado
la ración con el examen previo
que tiene a los clientes atentos a mi envío.*

*La nariz me despierta con la noción
de la próxima o lejana golosina
para ponerme a bramar
rogándole a las piernas
velocidad, para el siguiente lance
de la seleccionada cacería.*

*Los ojos son la garra más atrevida
asediando el plato más caliente
para coger la mayor presa.
No quieren respetar el turno
de la modesta fila prolongada
ni de la blanca mesa distinguida.*

*Al final, todos me echan la culpa
de sus males, con tal ingratitud
que ya nadie se acuerda de la delicia
que recibieron en el bocado
tantas veces lamido
y muchas más, la repetición rogada
a tu desprestigiado estómago.*

Dudoso pasado

Ante las preguntas del examinador, el solicitante le dijo:
«Por favor, no busque más en mi hoja de vida
que allí solo incluí el trabajo soñado, y el pagaré
de mis estudios financiados con créditos».
Y mi historia solo relata un viejo malestar
heredado del aguante de mis padres
que afecta al estómago, y al molar inactivo.

Soy un desempleado en prueba
de aguante al ayuno, sin las referencias
pedidas en el formulario a los aplicantes.
A las falencias del novato ilustre, le agregan:
"El vacío de notas en el pasado judicial
impide asociarlo con los reconocidos capos".

Unos dicen que esa inexperiencia
es sospechosa, y mi foto no es confiable.
Pero mi imagen solo guarda en los dientes
restos de tierra cruda, mi última ración.
Y agregan, que ese es un material subversivo
en poder de los emergentes.

Revisada la lista de mis carencias y anhelos
mecenas y empleadores diagnostican:
«Por los dudosos antecedentes
debe guardar calle por cárcel, para hacer campaña
hasta después de las elecciones
y una nueva orden de inhabilidades
para el desempleado sin un padrino político».

1.6

PESCA DE MOMENTOS

Figuras sonoras

Ante la primera señal, el ojo inquisitivo
quiso ser el lente explorador
con el fin de ir más allá de la imagen
para esclarecer la figura
y manifestar un sentimiento.
Fue el vuelo de la mirada impaciente
por delante de la velocidad
de un paso emocionado
que quería leer la comunicación.
Un gesto de avance en las pestañas
antes de la anhelada muestra
que le hiciera adivinar
la figura del signo visitante.
Corrección de la imagen y el sonido
en la sutil armonía de la obra
entre la noción y los efectos
del mensaje esperado.
En las comunicantes pruebas

*la voz afinó los acordes
con el mensaje y el tono
para cantar en la composición
en el significado de un gesto
y la palabra escrita.
Fuente enriquecida de expresiones
con figuras sonoras
recogidas en la abundante producción
del silabario.*

Dibujando signos

*En un mar de pompas
llegó navegando el barco de los signos
que buscaban un lazo de alianzas
con una vocera activa, declarante.
Ellos saltaron de las encadenadas olas
al libre abecé del ancestral papiro.*

*Algunos se habían anunciado en una señal cómica
cuando quisieron jugar con el hijo del juglar
y salieron a preguntar por la historieta antigua.
Se alistaron con la pluma y el oído atentos
para recordar el canto de los nómadas
y entonces, acogerlo en su manual escrito.*

*Otros armaron su primer cuaderno
con las notas de las grandes aventuras
entendibles solo para el navegante
y los socios de sus íntimos relatos.
La frase compuso el himno de la lengua
con la voz y la letra de las ninfas
que debutaron en el concierto hablado.*

*La lectura y su cata fue una perla
que se subió a la exclusiva red
con el encanto de la pesca soñada
en el alfabeto del antiguo romance.
Cada párrafo extiende las orillas
de un mar que fue picado por la idea y la pluma;
la creación flotante, irreprimible.*

Detrás del papel

*Los primeros trabajos del artista
no necesitaron papel
ni un lienzo, ni acuarelas
porque su estudio estaba rodeado
de puertas y muros, y un tornillo sin tinta.
Solo tuvo que rascar su libertad en la pared
para iniciar la composición de la obra
con su primera firma.*

*Pero después de avanzar
llenando los espacios vacíos
sin reconocimiento
fue a explorar otras fachadas.
Y encontró una pared donde podía
exponer la figura de un nuevo garabato
que no necesitaba traducir
porque era su personal lenguaje.*

*Cuando las letras salieron al tablero
con el arreglo del sonido
el maniquí descubrió su nombre
y con sus ocurrencias, la risa.
El cuento subió a las hojas del libreto
pero no lo escribió todo
porque detrás del papel
tenía más escenarios.
El colorido impreso*

con deformes siluetas y figurines gordos
contó una historia divertida.
Y el tono de su graciosa lectura
despertó la comedia.
Las figuras salieron a contar el chiste
y a danzar con la composición
de las historietas animadas.

Midiendo gozos

Ellos no lucían muy simpáticos
porque la pasaban contando, mudos
pero oyendo el sonoro abecedario.
Llevaban solo las cuentas del afán
para apurar el paso de sus hermanas
y no llegar tarde a la escuela.

Su atuendo era un velo transparente
en el concierto sin números
mezclados en la duración de la clase.
Y salieron en el repartido canto
de las vecinas letras parlanchinas
a medir su intervención con el cronógrafo.

Pero tuvieron una valiosa presencia
en la cuenta de las tareas
dignas del mínimo cumplido.
Y empezaron a medir su crecimiento
con el provocador halago
de los premios graduales.

Hasta que encontraron su inherente peso

en el reconocimiento del maestro
a los mayores logros del alumno
con la cuantía de la nota alcanzada.
La nueva forma de medir y celebrar
las alegrías, con números.

La alegría de leer

El aroma amistoso de la cartilla nueva
surgió de una simple observación de su carátula
y al abrir el libro encontré el fresco aroma de un jardín
donde el primer paso me llevó a la siguiente página
del camino que anunciaba un nuevo huerto.

La portada exhibía un desfile de figuras
que invitaban a conocer el escondido escrito
desde el título que magnificaba la alegría.
En la primera ilustración con letras y colores
la nariz de un mono sonó con la voz del alfabeto.
Era un muñeco oculto en la red de un sainete
que salía a bailar y a cantar una canción graciosa.

La ingeniosa actuación de una caricatura
empezó a dibujar las letras del recado
y vino a sonar en la lengua genial de un monigote.
La semilla germinó en el huerto del infante
con una voz escondida en el terreno de los signos
que llegaron a cosechar la comunicación escrita.

El saludo inicial del libro fue la llave
para abrir la puerta alucinante del plantío
al adicto lector motivado en su vendimia.
La cosecha creció desde la entrada al lúcido jardín
con la idea recogida y las semillas mejoradas
para alimentar el ánimo y resembrar el huerto.

El atleta dormilón

*Antes de que sonara la campana
para despertar al gran rebaño de los dormilones
una alarma anónima quitó la manta a los pocos valientes.
Las burlas en voz baja advertían al vecino
con las amenazas al atleta perezoso
por su declarado miedo a la madrugada
y su muy temida exclusión del equipo.*

*El desafío fue narrado por un espontáneo locutor.
El único supuesto corredor durmiente
que dijo estar loco, con solo pensar en una pista helada
y levantarse para luchar contra el sueño y la montaña.
Eran las subidas, duras de alcanzar en el sendero
de un asiduo narrador y corredor endeble.*

*Los estrechos caminos empedrados
por las empinadas colinas de Zipaquirá
mi apreciada región de los estudios medios
que fueron el campo de pruebas y ejercicios.
La pista del sonámbulo guiado por instrumentos
y por el propio orgullo, burletero y rendido.*

*Y si al final el lucido atleta seguía adormilado
en el momento del regreso, y el cavilar de las marmotas
una ducha congelada los estaba esperando
en el internado del Instituto Técnico Industrial.
El lugar de una gran familia de estudios, juego y luchas
cuando ya la casa paterna pasó a ser la elemental escuela.*

El anhelado premio fue solo el consuelo de llegar
y no ganarnos el denigrante nombre de:
La gallina brava o El burro débil.
Aun jadeando, los pulmones celebraron su despeje
con la esencia expectorante de la salina y del bosque.
Al final, un chorro de agua fría después de la fatiga y de la burla
fue solo otra vía para afrontar el miedo, y convertirlo en nuevos retos.

La pista del oso

En el circo del centro literario
había pista para el zoquete y el creído
enfrentados para hacer el «oso»
y luego, desbaratarse en carcajadas.
Cada cual exponía su presuntuosa obra
al examen del temido crítico garrote.

El público era el jurado parcial
testigo y juez, con marcados intereses
por su propio payaso.
Implacables con la menor falla ajena
e indiferentes ante el mejor rugir
del adversario.

Cada cual se entrenaba para el mayor suplicio
haciendo gala de sus propias flaquezas
que los hizo duros y reincidentes
en su acostumbrado fracaso.
El máximo triunfo era sobrevivir
y no desfallecer para el siguiente encuentro.

El gran salón social del colegio
descansaba en el día y nos esperaba en la noche
después del estudio y los deportes diurnos.
Era el reto cultural, con la poesía, la comedia y el canto
y las demás fortalezas, que alardeaba cada equipo

para desafiar al contendor, con su mejor talento.
El largo banquillo de los farsantes
se fue llenando de ilusos e inconformes
con la burla y la gracia de su mismo equipo.
Allí brillaron más las inhabilidades
que las pocas virtudes, calificadas como sosas
para reír de nuestras propias sandeces; y sobre ellas
emprender otras menos triviales aventuras.

El tablero manchado

En la escuela de Bojayá, departamento del Chocó
una lección escrita en el tablero fue borrada
y en su lugar apareció el mensaje:
"Fuera los enemigos de la causa…".
Una explosión con cilindros de gas
derrumbó la iglesia atestada de refugiados
y del pueblo, solo quedó en pie la pared del tablero
junto a las estatuas rotas de los santos amigos.

Muy pocos ojos pudieron leer los signos
y las manchadas letras del mensaje
pero cuando los estragos despejaron la vía
unos pocos sobrevivientes tuvieron que ir a trabajar
para la sucia causa de los narcotraficantes.
Los que no lo hicieron fueron obligados a dejar
su tierra, con las ilusiones de la familia.
Y las grandes ciudades siguen creciendo, entre el olvido
de los desplazados y el poder de los malhechores.

En la crueldad de una guerra sin sentido
este fue un hecho más, de los que vemos lejos.
Pero lo traigo a este espacio, con el dolor cercano
de un lugar que fue parte de mi recorrido laboral
que tuve que afrontar en un traslado ominoso
por no comer callado un soborno, y denunciar el delito.

Años después, los sobrevivientes de la masacre
siguen flotando en un rio de lágrimas y el sopor del carnaval
al lado de los dirigentes, que explotan su candor.

La hoja del testigo

En la cruda sesión del interrogatorio
el acusado al frente de una hoja en blanco
le protestaba al celador, testigo y juez.
Pues no sabía contestar a los cargos verbales
ni a los escritos de unos hechos endilgados
que lo amenazaban con sentencia.

Cada pregunta era como un golpe ciego
a un ave en su colgante nido,
a un cachorro sin dueño
a la persona equivocada
con la voz reprimida
sin derecho a preguntas.

Pero él no seleccionó una declaración
en la lista entregada a los informantes
ni las sugeridas por el reclutador de testigos.
Sospechaba que sería peor contestar
y cualquier afirmación sería su condena
como la de todos los que no sabían leer.

Solo quiso pasar el hostigamiento
preguntando con los ojos a los otros reclusos
sin voz ni señales entendibles.
Pero el tema fue resuelto en el último renglón
de la hoja firmada por un impostor
del acosado testigo analfabeta.

2.0 SEGUNDO TELÓN

LA VENTANA VIAJERA

Eres tu estado de ánimo. Tu estado mental crea tu vista, o tu ventana de la vida.
Frederick Lenz

Tus suposiciones son tus ventanas al mundo. Quítalas de vez en cuando, o la luz no entrará.
Alan Alda

2.1

ARMANDO VIAJES

Memoria y panorama

Para los muiscas, Sua, su dios del sol, les abrió una ventana entre las nubes
que les dejó ver el rostro de la diosa Bague, en la abundancia de la madre tierra
cuando el único lindero fue la confianza, para ir al bosque a tomar el sustento
y esa fue la razón de la antigua ronda, sin mayor preocupación por la distancia.
Pero el recorrido de los viajes, fue cambiando con el objeto de la misión, y la época.
Un día tuvieron que huir de unos rayos, más veloces que la acerada espada
y los sobrevivientes solo pudieron ver la vía del escape, en el refugio agreste
cuando el visitante les arrebató los adornos y los obligó a salir, para buscar mas
en las pistas del Dorado; el hechizo de un nuevo mundo en la vieja casa.
En el cálido hogar de anfitriones y huéspedes, nuevas aves incubaron sueños
que empezaron a poblar la tierra, explorando praderas y escalando montañas
con alianzas que le cambiaron el tinte al bosque espeso y a la quebrada airosa
empujados por el ansia de una rara mezcla de ángeles, duendes y camuflados
que solo cambia de socios y estrategias, con cada nueva pandilla en el poder
entre los diablos que se estrujan para asaltar, y la victima que se afana por cuidar
y se mantienen con la astucia de los cómplices y la ingenuidad de los serviles.
Pero en el nuevo mundo, también le abrieron un mirador al desarrollo
que nos permite ver más allá de la nariz, y de las cortinas de la inquisición

en el creciente estante de la biblioteca virtual, con información diversa
que para entrar, solo necesitas el afinado olfato, para no caer en la red capciosa.
Si la buscas, corres el riesgo de entrar sin licencia, al paraíso equivocado
y si te buscan, no tienes un muro protector, ni en el privado escondrijo
pero es el costo que debes asumir, en la trampa globalizada de los negocios.
El panorama que pinta el alcance de los medios y la explotación de su manejo
es la puerta abierta para los intereses claros u oscuros del mecenas, o del jacker
en el viaducto que llega al cliente, con la verdad falsa o la mentira oculta
sin que en el camino le puedas atravesar un filtro, hasta que el golpe avisa.
El ventanal, que alguna vez se abrió para los muiscas, paisanos y foráneos
fue el mismo que vieron los griegos, para recibir a Hellius, su dios del sol
junto a la diosa Gea, el nombre de la madre tierra, en su adorada parcela.
Y en las ruinas del Edén, aún hay huellas delatoras de una ciencia autóctona
que el nuevo huésped quiso borrar, para adornar la casa con su propio legado
pero en uno y otro lado del mundo, al prodigio y a lo inexplicable, le llamaron dios
al que le debían adoración, por los extraordinarios favores recibidos.
El piloto del tiempo, que conduce la nave desde el origen del Arcano
sigue ofreciendo un vuelo igual a cada pasajero, en exclusiva clase
con un paisaje tan amplio, como el alcance del lente y la claridad de su cristal;
aunque el boleto solo te asegura el arribo, el goce y el susto, son extras de la ronda
y, mientras llegan los recuerdos de tu ventana, yo te presto un resquicio, de la mía.

La ventana al patio

El portón custodiaba el vacío y los valores
sin el afán de esconderlos ni exhibirlos.
Los secretos, solo tendrían algún valor para sus dueños
y en una ventana abierta no husmean las intrigas;
pero eso fue hasta cuando alguien decidió cerrarla
y despertó las sospechas del vecino.

En los ojos inquietos surgieron las preguntas
por saber qué habría detrás de la cortina
y quién podría intentar moverla sin mostrarse.
El primero que entró fue un rayo escurridizo
que logró cruzar las rendijas de la cerradura
por donde el viento se coló, silbándole al silencio.

Empezó a construir columnas luminosas
con unos cuerpos diminutos, voladores
visibles solo con un foco, el sol de las mañanas.
El primer teatro para los ojos infantiles
en donde vieron volar la magia de los cuentos
elevándose con ellos para explorar el cielo.

La ventana fue un atractivo en doble vía
para el rayo fisgón que quería ver la alcoba oscura
y para los ojos que no conocían los colores del campo.
El amanecer fue la invitación del cielo abierto
que desde el pestillo mostró los anuncios del paisaje
y las vías, para ir más allá del palco mirador.

El novel viajero

*El joven soñaba con Aura, la diosa de la brisa
que una noche le trajo la voz de las sirenas
y creyó acompañarlas con su canto en el coro
junto a una mezcla musical de cuerdas y tambores.
Se sintió llevado por el eco de canciones lejanas
que extendían en el cielo una lúcida pista
invitándolo a despegar hacia un destino mágico
y decidió embarcarse en esa, su temprana aventura.
Al despertar, vio la vida real con las ideas del padre
y fue a buscar con él, un detallado mapa
que les permitiría observar el largo itinerario
para abordar como pasajero el transatlántico
con la acuciosa guía paternal y una carta al abuelo.
Partió con las recomendaciones pegadas
a la guía madrina, su imaginaria compañera
que apenas en la escotilla le cambiaría el horizonte.
Cada oleaje intenso, fue otra pregunta a la privada guía
que lo llevó hablando solo, entre el murmullo de la tripulación.
Su mente se elevó con la ilusión de las gaviotas
viajando con ellas para encontrar el viejo mundo,
su nuevo destino, en el lugar de origen de su padre.
Y resultó devolviéndose por el sendero explorador
que alguna vez dejaron marcado los conquistadores
y un buen día llegaron al nuevo hogar del trópico.
Su gran hallazgo fue un viejo muelle en un portal de libros
que, en su estante, lo llevó a otros viajes con las alas del abuelo
y la historia familiar, en un antiguo manuscrito.*

Las olas y el viento

Ellas se bamboleaban en la orilla
al otro lado del mapamundi
jugando en la cuerda floja, al salto de las gotas
sobre el aliento de algún audaz viajero
para invitarlo a danzar en las playas del trópico.
Un insulso ambulante las adivinó y supuso
poder encontrarlas por la ruta del eco
que lo creyó propio de una fiesta convidante
y salió ansioso por conquistar la audiencia
de una playa animada por las soñadas bailarinas.
Por allí fueron también los ojos alucinados de una tropa
llevados por la atracción de una leyenda
por la ruta de las alfombras voladoras.
Pero la nueva excursión fue montada en carabelas
con el tesón legado de los caballeros
seguidores del lance de un ilustre hidalgo.
El viento marcó la dirección de los pioneros
que llegaron a negociar con espejos y abalorios
sin sospechar las artimañas de la hechicera
que astuta esperaba, para engatusar a los titanes.
Era la celada secreta de las ninfas
con un entretenido marco embrujador
de los duendes cantores y las caracolas sonoras.
De pronto, el viento se vio comprometido
por una alucinante melodía
y empezó a afinar la emocionada garganta
para debutar en el concierto
de una orilla reservada en el paraíso.
Los ensamblados acordes
de los nuevos y acompasados sonidos
salieron para acompañar el coro celebrante.
Las seductoras olas, seducidas
por la abrumadora fuerza del viajero.
Y el viento, solo pudo envolverse en los abrazos
de una nueva tormenta, comprometedora.

La aldea expropiada

*La aldea respiraba la paz del aire libre
recostada en el cerro y mirándose en el lago
para peinar la luz de su colorido panorama.
El huerto generoso del patio solariego
repartía las ofrendas a la extensa familia.*

*La visión de los marineros ambulantes
perdidos en el trayecto de un viaje aventurado
vagaba sin un destino fijado en la bitácora.
Y el casual hallazgo de un balneario entre la jungla
fue el despertar de un sueño estacionado en el limbo.*

*Y la anfitriona incauta, ajena a los asaltos
le abrió la puerta al viajante, sin reparos ni guiños
con la alacena abierta sin puerta ni seguros
para todos los hijos, como fue su legado
de ser la tierra afable; el nuevo continente.*

*Los ojos de los transeúntes se pasmaron
ante las maravillas que se abrían en serie
en un espacio nuevo, sin puerta ni fronteras.
El hogar natural de los antiguos pobladores
fue el casual paraíso de los recién llegados.*

*Pero el expandido hallazgo lo marcó la avaricia
del que, al abrir los ojos, en la campiña nueva
quiso ocupar el alcance de su larga mirada.
Pero desde el comienzo, pareció insatisfecho
pues la luz de sus pasos no alcanzó el horizonte.*

Y el huerto de la aldea, la despensa fecunda
para el rebaño propio y las bandas viajeras
fue convertido en el campo de los experimentos.
El que lo quiso todo, contra el dueño de nada
para probar la capacidad de aguante de los oriundos
ante los invasores, de la casa y sus sueños.

Al lado de un gran lago

Con las noticias del cambiante clima
y las revistas de la esbelta ciudad
enviadas por mi corresponsal
se alistaba el equipo para el urdido viaje.
El proyecto se fue armando
con los visos de un cielo despejado
para las ambiciosas alas de unos chicos sedientos
de los vuelos soñados, con aventuras ciertas.
Toronto se veía entre imponente y serena
con una orgullosa torre mirándose en el lago,
maquillada con largos parques y avenidas
de generosa opulencia.
Para los chicos, la más suntuosa altura
en la escala de los edificios y montañas
del imaginado mundo por lograr
eran los cohetes y sus largas caídas.
Las fotos les mostraban desafiantes
un equipado mundo de aventuras.
La variedad de miedosos atractivos
en el Wonderland Park,
pero no dejaban de lado las imágenes
de la gran CN Tower y del lago Ontario,

*que parecían amplificar
la magnitud del desarrollo.
El elevado centro de los negocios
de la más pujante ciudad de Canadá.
Otras ideas subían a la mente
de los adultos soñadores
con los efectos de la salud en la distancia
por mantener una familia unida
en un país lejano a las costumbres
y a los arraigados lazos.
Debían medir el aljibe con sus fuentes
para asegurar el flujo y el nivel.
Pero el osado plan con sus temores
se fue ajustando al entusiasmo
de las comprometedoras voces
cantando las alegrías, en su nuevo idioma.*

La antigua calle

*Mi vieja ciudad lucía igual, después de un tiempo
pero en la calle, me vi navegando entre el humo
al lado de unos brazos caídos en la red
de una nueva espesura urbana en Bogotá.
Los restos de lo que fue el grato refugio
de románticos sueños y claras madrugadas
los vi flotando en un nubarrón picante
que me hizo llorar, toser y hasta perder la ruta.
Volver al viejo hogar y a los lugares recorridos
con la ilusión del hijo pródigo
fue como chocar con el rostro de la madre
con la sonrisa cambiada en añoranzas.
No encontré el antejardín de las casitas
donde una flor saludaba al caminante
porque el gran edificio redujo los andenes
y en una apretada fila los esclavos del celular
los empuja el nuevo afán de los autómatas.*

Intentar una caminata por la nueva acera
me hizo levantar el tapete del asfalto
para preguntar por el nuevo uso del camino
donde los pisotones no hundieran mis botines.
El ambiente limpio y alguna vez confiado
sucumbió parcelando la ciudad
entre los turbios negocios competidos
que convirtieron un paseo en pesadilla.
El antiguo bulevar de las hormigas sanas
por donde buscaban el pan y los amigos
se convirtió en el callejón costoso
en donde surge el escrutinio de los zombis.
Un agazapado tropel que empuja
a los peatones sobrios contra el muro
hacia la aduana de las gordas billeteras
o al navajazo, por flacas o reacias.
La más temeraria fingiendo estar vacía
que logró sobrevivir el azaroso ataque
salió con la propia identidad cambiada.
La foto de un viejo conocido, el asaltante nuevo.

El temor al vacío

Cuando el filtro solar de la ventana
era el gran faro de la habitación
el nivel del techo fue la gran altura
del atractivo precipicio.
Las advertencias de peligro sonaron
innecesarias, vacías.

Cuando la longitud del brazo no podía
agarrar el antojo más cercano
una ayuda salió de la bodega
para alcanzar el confín de la alacena
pero el tamaño del apoyo fue más largo
que la distancia de donde vino el accidente.

*Los interrogantes salieron al portal
cuando tuvo que buscar explicaciones
del percance con menos dueños que dolientes.
El silencio aumenta con el grado de la falta
y disminuye con la fuerza del deseo
por encontrar un culpable a los errores propios.*

*El chasco llegó con el primer asalto
que no pudo cubrir el precio de los cómplices
y sintió miedo a perder el control de los negocios.
Tuvo que estimar la avaricia del colega
y su propia ventaja en el riesgo compartido
en la frontera del recato y el engaño.*

*Encontró que el lado fácil pintado en los atajos
y el menosprecio al dedicado esfuerzo
fue la celada abierta para el mejor desastre.
Pero también, que el temor es la campana interna;
y la jugada tramposa no llena los bolsillos
solo aumenta la cuenta de lo que poco vale.*

El convoy del tiempo

*Lejano fulgor, luminaria creciente
de un fantasmal engendro
montado en la infinita carrilera.
El despertador gratuito
del pasajero reacio
para alargar la fila del embarque.
Dragones al ataque
entre la ardiente fumarola
de los siglos fundidos.
Reptil voraz de los días restantes
desapareciendo en la embestida.*

Aleatorios puntos de embarque
larga fila de los clientes en turno
para ir en el puesto sentenciado
al lugar de los cumplimientos
sin necesidad de culpas.
Ofertas de riesgo con bonos de aventura
para seguir a bordo
o para salir a disfrutar del abismo
por la puerta falsa.
Reservas sin discriminación
con paquetes de exclusiva clase.
El círculo privado de los difuntos
en la oferta pública de exequias
todos al fin, en el mismo nivel.
Blanco salón del encuentro
con llegadas abiertas
marcadas solo en el punto de fuga
de cada cual, en su vagón de vida.
La factura llega por los días gastados
sin descuento por los muchos inútiles
pero sin recargo por los pocos felices
aunque ellos solos, ya pagaron la boleta.
Arribos anunciados sin convite
en un tablero pleno de confirmaciones
con fechas imprecisas.

El fin asegurado

El niño no entendió el tenor de la noticia
que el padrastro celebraba en el funeral
del tío, que no tenía más herederos.
El duelo vino en la voz de las plañideras
para ahogar en lágrimas la cuantía del testamento.

Pero el terror de la muerte lo sintió en la quietud
de su mascota que de pronto lo dejó solo
en la mejor hora de la fiesta ambulante.
Y supo del final de la vida, en el pueril comienzo
el peso de la fortuna y la pena por el amigo.

Otros nombres le dieron los acreedores
a las obligaciones desconocidas del occiso
con el sudor frío de la amiga cercana
y el más caliente de las secretas.
Sonaron en los corrillos de la funeraria
los cobros sin factura y la tirante soga.

Cuando el niño heredero conoció a los dolientes
muy pronto vio crecer los intereses
del vendedor del seguro de mayor cobertura
con su tutor jurándole eterna protección.
Y con el temor que le provocaron las ofertas, decidió
adquirir un seguro para los descendientes, de su mascota.

Un viaje de relevos

El corredor de la posta no eligió la línea de partida
ni el testimonio que debía entregar a su relevo
pero una ilusión de vida lo invocó en el camino
como su compañía y aliento en un trayecto del ruedo.
Apareció marcando las zancadas del péndulo
con su propio registro de tiempo y recorrido.
Unos sueños pretenciosos lo enrolaron
en la ruta de la más avanzada romería
donde cada cual tenía que hallar su itinerario
sin ayudas ni guías para los duros retos.
Y comprendió que esa era solo la primera prueba
para medir su propio ritmo y desempeño
y asegurar un paso en la apretada pista.
Metido en la caravana de la ronda global
se vio compitiendo con su propia sombra
que no le permitía un atajo ni el retorno.
Pero logró entender que la única forma
para avanzar en la congestionada marcha
era preparar las cortas e ineptas zancas
con sus ideas, y el empuje vital de sus ancestros
ante los más atrevidos lances del vecino.
Luego, decidió averiguar el aliciente
de sus propias pasiones y virtudes
que lo ayudaran a divisar en la distancia
el encanto de un horizonte compartido.
Y con la ilusión de hallar una mirada comprensiva
encontró la fortuna de su alma compañera
para volar, hasta ver juntos la espalda de la tarde.
Pero después, entendió que cada viaje
era además de una posta, la página siguiente
de un inflamado libro familiar
que alargaba el contenido, con el ansia

de seguir construyendo los recuerdos.
Y aunque no lo quiere cerrar sin el registro
de las crecientes, nuevas alegrías
serán los proyectos de otros corre caminos
que quieran seguir la pista de su propio relevo.

2.2

IMÁGENES CERCANAS

La invitada ausente

Ella se levanta con el aura festiva
de un jardín ambicioso
por esparcir su fragancia.
Se pinta bajo las luces del cristal
probándose los tonos
que iluminan su atuendo.
Se mueve en el vergel efebo
mostrando su color
a los imaginados, ojos tenorios.
Se envuelve en el velo reluciente
descolgando festones
entre envolventes sombras.
Ensayos de la amable sonrisa
con glamorosa imagen
en la confirmación de su vigencia
al frente del espejo.
Preparación de la fiesta lejana
con los brazos dispuestos

*a sosegar el corazón fogoso.
Vuelos con el vigor de la centella
atravesando la barrera de las nubes.
El convoy espacial de los recuerdos
en la autopista de múltiples carriles
cruzando el medio mundo.
Fue la imagen de la invitada ausente
en las horas de su optativa espera
enviándoles su aroma los viajeros;
y el mensaje de la añoranza estacionada
que suspira viajes, con las flores que vuelan.*

Dulce emboscada

*La madeja se revolvía en el cesto
liberando el hilo de los sueños
para elaborar la trama de un agasajo.
Cada aguja ataba un punto a la red mágica
de un mantel que esperaba extenderse
en la reunión con el próximo invitado.*

*Desfilaron los ensayos
exhibiendo su impoluta blancura
sobre la mesa cómplice
para servir la bienvenida
al visitante incauto
de una mansa emboscada.*

*Otros merodeadores embistieron
a la acolchada nube
furtiva obra de la mano sagaz
averiguando el significado de la nota.
Pista abierta, solo para el acertado
lector del sortilegio.*

Y el más valiente se sintió lejano
al no poder conquistar la mágica sonrisa
y adivinar la palabra pintada en el mensaje.
Pero fue suficiente un solo guiño
de la tejedora, al príncipe soñado
para enlazar y caer en el encuentro.

El poder naciente

La tierna mano del bebé
probaba su poder
aprisionando mi pulgar.
No alcanzaba a rodear el objetivo
y recurrió a una mirada
para aclarar la orden.

Tenía que fijar mis ojos en los suyos
exigencia ineludible, grata
en el minucioso examen
de los descubrimientos.
Y mi aceptación a su mandato
provocó una sonrisa.

El reclamo se pintó de fiesta
con la rendición de un padre
ante la tierna y nueva potestad.
Mi independencia le entregó las llaves
a la alarma más sensible.
El mensaje de un hijo.

Y el brazo guía continuó de súbdito
desde el primer intento
de apoyo al nuevo paso.
La fortaleza que quiere proteger
necesita la confianza
de la mano protegida.

Cruzando un remolino

*Creí que navegaba con el aliento de mi tropa
cuando el avance aminoró, llegando a un remolino
entre el cambio de rumbo y las intenciones de mi aliada.
Ella, no quiso continuar con el itinerario de los hijos
porque se aferró de nuevo al seno de su madre
y entonces me vi llegar a una boya, con los vientos cruzados
que me llevaron a invocar el vigor de mis remeros.*

*Con una boga menos, quise llegar más lejos
aproveché la creciente energía de mi tropa cercana
y sentí que, a mis remos, se unían otros brazos
con el ánimo nuevo de mis dilectos cómplices.
Ese fue el incentivo de emocionado empuje
que nos llevó sin sobresaltos al destino acordado
con el horizonte despejado para los propios planes.*

*El tiempo ocupado en la ejecución de los proyectos
pasó muy pronto sobre el enfado y la distancia
y entonces, me vi cruzando ligero el gran océano
del tedio oculto detrás del tornado, y el temporal escape.
Decidí transbordar el fardo sin peso ni reclamos
al reservado muelle de la espera tranquila
hasta encontrar la aurora en la vigilia trasnochada
con el grato provecho de las tareas cumplidas.*

*La idea del retorno, aclaró la vía de los avezados navegantes
para retomar la travesía con su propio velero
listos para afrontar ventiscas y disfrutar bonanzas.
Cada paso y noticia nos ataban el alma al puerto de partida
con el faro del afecto y la libertad de poder regresar
livianos, a su lugar de origen con la valija plena
de los sueños cumplidos y las nuevas sonrisas, celebrantes.*

Rescate de notas

*Pensé que algo había perdido
cuando vi un fantasma en el espejo
e intenté ingresar al laberinto
con el temor de no encontrar
una puerta para volver
de mis cavernas.*

*Busqué en el lejano desván
y hallé el botón para encender el alba
en la cercana voz que me arropaba
con un ameno halago
haciéndome sentir que la mía
aún la escucha el eco.*

*Revisé el listado de elementos
en la despensa de viandas y rutinas;
unas inconvenientes, otras imposibles,
y deseché el saldo de las vencidas.
Las más tentadoras ya dejaron
sus estragos, sin pena.*

*Leí y escribí trivialidades
para llenar el silencio de las horas
en el cuaderno de las citas románticas.
El recuerdo me volvió a prestar sus notas
para revivir el paisaje del camino
y respirar su lozanía.*

Un golpe gentil

Gracias por el gentil rechazo.
Ese fue un golpe recibido en la coyuntura
de mi insolente zona
desprovista de temores
cubierta solo con el escudo
de mis ínfulas.

Inesperado impacto
en la inflamada confianza
adormecida por la altivez.
El olvido al escudo de tu flema
cándida suposición
de mi inflamado ego.

El sentido apretón del freno
al potro, con un gesto sutil
de la amable amazona.
La vergüenza con mi compañera
lastimada por las faltas
de mi lado silvestre.

Abrupto despertar
a la conducta obtusa
del caminante sonámbulo.
La gracia de una patada salvadora
al zombi tambaleándose por el borde
de su propio abismo.

La próxima visita

*Otro «hasta pronto» ondeaba
en el ambiente recién apretujado
por los abrazos cálidos.
No querían dejar escapar
el cariño aumentado
en la afectuosa despedida.*

*Las miradas fueron quedando solas
repitiendo el regalo
de una sonrisa.
Palabras sin sonido
que renunciaron a embarcarse
con los labios viajeros.*

*El oído indagaba en el aire
el retorno del eco.
La voz de una grata velada
suspendida en la niebla.
Recordados debates bebiendo bromas
hasta perderse en el murmullo
desvanecido en el silencio.*

*Otra palabra fue un acertijo
colgado en la penumbra
de las esperas congeladas.
Se embriagaron los sueños
preparando la calurosa ronda
de la próxima visita.*

Todo, no es suficiente

*Cuando todo su afán era el cuidado
de su tropel balbuciente en la cuna
la madre creía que una caricia era su mejor ofrenda
que entregaba con un abrazo.
Con eso, ella solo quería alegrar el alimento
y comprender las lágrimas
de unos ojos firmantes de los pedidos
para atención inmediata.
Su disponibilidad y los abrazos
aumentaron hasta el exceso
por la insaciable demanda
y los renovados reclamos.
Pero cada atención abría otros motivos
para la personal aspiración
en la escala de lo insaciable
por los graduales celos.
La madre quiso entregarles todo
solo para ganar la ansiada recompensa
de una tierna lisonja.
La única respuesta
que esperaba anhelante
pero encontró en su factura
el vacío de los descontentos
en un desaforado conflicto.
Y tuvo que rebuscar
entre su corazón y los bolsillos rotos.
Pero la avidez iba más allá de sus restos.
ante la cuenta de pago ineludible.
Y al final supo que todo no era suficiente,
porque la parte que cada cual quería
era el bocado entero, y algo más
para sí solo.*

2.3

PASOS MARCADOS

Las horas reacias

Antojos de un vetusto catalejo
que despertó a una sombra aletargada
para recordar con ella los detalles
que fueron guardados en su visual memoria.
Solo tuvo que despejar el retrovisor
y recoger la alargada telaraña
en la sección de las fotos antiguas
para exponerlas en el salón de la añoranza.
Entretenida búsqueda, abrigada
con el rescoldo escondido en las cenizas
de la hoguera que se movió entusiasta
para calentar el frio invernadero
con la onda de las horas renuentes a pasar.
Blanca presencia adivinada
entre los despeinados rizos
jugando con los suspiros del otoño
que ventiló los sentimientos refundidos.
La evocación de un paseo romántico

por los senderos del antiguo parque
para leer un libro en compañía
y luego, oír la voz y la música del artista
que entonaba las antiguas canciones
y rasgaba lentamente la guitarra.
La imagen y el sonido regresan al camino
para andar agarrados de la mano y del alma
y continuar el paseo más allá de los parques.
Dicen que ellos dejaron colgado en el perchero
el paraguas, que aun añora la llovizna alcahueta
para guardar bajo la carpa, los preciados recuerdos.

Ampliando señales

Cuando el confín no pasaba de la orilla
el cielo era una carpa de misterios.
La esfera exhibía su cara plana
para allanar la redondez del enigma.
Un globo de fuego se levantaba con la aurora
y en la tarde, bajaba al escondite del ocaso.

La noche era un tablero salpicado
por un mágico enjambre de luciérnagas
jugando en la extendida red
del noctámbulo pescador de meteoros.
La faena era recogida en el amanecer
del precursor de los sueños primarios.

Cuando la rueda localizó el eje
rodando, aprendió a tropezar y a viajar
y el centro fue el alivio de la carga.
El globo azul se vio girar con las estrellas
en la exclusiva órbita asignada
a la escogida cuadrilla celestial.

Los párpados del androide se movieron

cuando la luz fue el motivo para abrirlos
con la razón que encaminó al deseo
para explorar más allá de la caverna.
El sendero se adornó con el paisaje
colorido y sonoro de reinos y de especies.

Cuando el ánimo cruzó la empalizada
la duda fue a indagar detrás de la montaña
y al encontrar a sus espaldas, más montañas,
igual les preguntó a las nubes, al cielo y las estrellas.
Entonces, la idea salió a medir su alcance en el espacio
buscando un foco para ampliar la señal, con nuevas lentes.

La casa de los abuelos

La antigua puerta se aferraba a un aldabón
que parecía ser el único guardián de su abandono,
y su sola presencia alejaba a los intrusos.
Las telarañas se extendían en las ventanas
tratando de ocultar la soledad de sus trebejos
pero las rendijas atraían a los curiosos.

Raros suspiros se oían salir por las fisuras
de los muros que protegían la oscuridad
donde decían que tarareaban los recuerdos.
El aliento de los antiguos moradores
parecía flotar en la quietud y el moho
como reclamando el vigor del aire libre.

Las paredes se recostaban en la brisa

para retocar el rubor del maquillaje
que entonces se pintaba de murales pálidos.
Aunque otros querían recordar la tez primera
con el fondo original de tierra apisonada
y el pañete de cal, que alguna vez fue blanco.

La curiosidad del niño fue más tenaz que el miedo
y las rendijas le dejaron ver un instrumento
colgado en un perchero del encierro oloroso.
Las telarañas cedieron ante el liviano visitante
para presentarle la antigua guitarra del abuelo
que solo pudo recordar unos sonidos destemplados.

Años después, el techo se descolgó con la llovizna
y despistó al investigador de los recuerdos y valores
cuando él quería buscar más, en los encierros de la historia.
Pero las paredes le dieron paso al escuadrón del tiempo
y fueron lanzando sus restos al caudal de la quebrada
que, según dijeron, era la pista dorada en el edén de los abuelos.

La palabra del papa

Ansiosa demanda por la primera fila
del exclusivo ruedo
para sentir de cerca la aureola
que se expandía en la voz.
Largo tiempo distante, y al fin
muy cerca de su espíritu y oídos.

Única oportunidad de las multitudes
para ver en la región diversa
la presencia del piadoso líder
en su terrenal peregrinaje.
Lenguas intuidas en el fervor común
para entender la palabra del santo padre.

Mensaje captado en territorios
ajenos al atuendo y al color
de la piel y del credo.
Ruegos por la paz del ser humano
en el buzón de repartidas ilusiones
para las diferentes clases.

Manos entrelazadas dando gracias
en la comunidad sin fronteras.
Diferencias del gueto y de la tribu
igualadas en el piadoso discurso.
El tiempo reclamado por los tiranos
pidiendo por su milagro, el rendimiento.

Delirios de una roca

La torre de la iglesia cavilaba
entre las nubes que le impedían alcanzar
el sueño de una añeja profecía.
Cuando era solo una pila de rocas solitarias
deliraban con flotar en las alturas
y un halo de incienso les mostró la senda
para subir lentamente al cielo
y flotar en el espacio de los sueños.
Decidieron ponerse en forma
con el cincel del jornalero
que cumplía una promesa pétrea.
Ellas se propusieron ser sus propios escalones
para llegar al anhelado campanario
y descansar solamente en la cúpula
donde se recibían las bendiciones del Señor.
Cada vértebra de la piedra pulida
fue inclinando el lomo en obediente hilera
para escalar el ansia acumulada
del prometido ascenso.
Creer en la promesa, era la consigna escrita

en el añejo pergamino.
Subieron hasta ver la cresta de la cima
y aún se sentían muy lejos de la meta.
Pero en la pausa de una humilde plegaria
la visión del profeta se reveló en un crucifijo
sobre la iluminada cúpula
y un jubiloso galope de campanas
celebró la presencia del Señor de los Milagros.
Mis primeros años viendo la extracción
de una roca explotada en la cantera
su tallado con el cincel del artesano
y la subida en el malacate hasta la torre.
El largo proceso de la construcción de la iglesia
de Sativasur en Boyacá.

Juegos aéreos

Las golondrinas jugaban con la brisa
gambeteando a su propia sombra
pretendiendo envolverla
en las rondas de una nueva trama.
Cada cual apuraba a su pareja
para burlarse de los vecinos lentos.

Subían hasta el tope de la torre
bajaban al cristal de la laguna
aleteaban con el agua de la fuente
y en todas partes veían a su socio.
No habían acordado un recorrido
pues el aire era el centro del recreo.

Cuando el viento predijo la estación
el juego del vuelo compartido
fue bajando el ritmo de la danza
y la quietud les tendió su nuevo manto.
El galán del aire bajó a elaborar el nido
para alistar el hogar de su nueva familia.

Con la alegría atesorada en el verano
y la abundancia recogida en el otoño
se prepararon en el bosque para el receso del invierno
y luego, revivir el color en el carnaval de la primavera.
Fue el juego de las alas libres, con el ojo de un listo vigía
navegando en las estaciones del cambiante recreo.

Lágrimas secas

Una anciana reclinada en el andén
con un cartel puesto sobre el pavimento
manchado con letras negras.
Y la figura pintada de una lágrima
cayendo como un deformado corazón
rogaba por la mínima piedad
de una limosna.

El aviso gritón de la voz muda
parecía oculto por la pena
de la que no podía levantar los ojos
por mirar solo el mensaje
queriendo estar segura
de que no se había borrado
el doloroso ruego.

*Pero un viento represivo
pregonando estricta limpieza
elevó el pedido al nivel superior
adonde fue subiendo
por la acostumbrada respuesta.
La fuerza de otra clase de gotas cargadas
con la habitual indiferencia.*

Los restos del cura

*La marcha con los restos del pastor sacrificado
estaban detrás del ataúd vacío y su sotana,
con el escudo roto del «Frente Unido del Pueblo».*

*El canto libre que salió de las iglesias
para inflamar los pulmones de los seguidores
conectado con la voz de las canciones clandestinas.*

*Por la grieta en las aulas llegó el humo de la montaña
y los lamentos con el dolor de los huérfanos
mudos en el reclamo ante el eco del fuego.*

*Otra ilusión enterrada en una tumba escondida
exhumado por el favor de los bienhechores
con las amenazas de un nuevo crucifijo.*

*Voces desnudas sacuden las arengas
en los sueños de un cielo dividido
y la oración social del cura Camilo Torres.*

*Gritos de piedra en las gargantas rotas
sonaban tosiendo bajo el humo de la calle
con el nuevo clarín de: «prohibido prohibir».*

Esas imágenes fueron el video de un soñador ingenuo
que confió en las apuestas por la igualdad social
a riesgo de la vida propia, por una consigna ajena.

Pero eso fue, hasta que sus cercanos desaparecieron
en el exilio, en el monte, o en la lista de los alias
caídos en algún asalto a los hermanos de otros bandos.

Pero los altos camaradas, lejos de la tropa y del fuego cruzado
siguieron explotando la guerra, para entrar al negocio de la paz.
Los demás, siguen huyendo de los viejos rivales, o de los nuevos socios.

Sombras en el semáforo

La luz amarilla no alcanza a cambiar
cuando ya explotan los pitos y las voces
como iniciando el coro de una celebración.
Pero ellos, solo quieren que empujes el cambio
del embrague y el acelerador
para iniciar el pique.

Y de pronto, no te puedes mover
porque has entrado al obligado sector
de las demoras, o del limpiaparabrisas
por el que debes esperar para que los embarre bien
aunque tengas que ver en el retrovisor otros labios
vocalizando el insulto.

Cuando miras al frente
encuentras el cartel publicitario
subido al escalón de la ventanilla
removible solo con la compra
del producto exhibido y demostrado
en tiempo récord.

Si pasas a la siguiente esquina, ves el show

*del saltimbanqui y el pavimento rotos,
el lanzador de llamas chamuscado
y el desplazado actuando de indigente.
Cuentos y ojos con raro maquillaje
ponen sombras en el vidrio y los espejos
viendo llegar más penas que monedas.*

La galería invisible

*Los pies del desplazado se endurecen
allanando por fuerza los baches de la calle,
pero así preparan una nueva epidermis
para el festival del baile en las aceras.
Ellos se pintan con el color del caminante
a tono con el oscuro refugio bajo el puente.*

*Su traje se confundió con el pellejo
camuflando el tono de la mugre.
El resto de la piel parece libre
para secar sin cura las heridas
con el cargado ventilador
de las cunetas.*

*Sus ojos se perdieron en las zanjas
de un campo extraño al suyo
mirando correr la ilusión de su parcela,
la tierra en el fondo de las alcantarillas
arrastrada por la cadena
del indolente desalojo.*

*La galería visible de la esquina
los distingue en consideración
al color diferente de los pies que marchan
sin permiso en un extraño territorio.
El testimonio público de los expropiadores
cubiertos con el manto del poderoso capo.*

2.4

PIEL COMPARTIDA

Dolor vecino

La noticia radial parecía ser
un drama imaginario, de novela
con voces amarillas
desgarradoras, de un sobreviviente.
Pero el oyente escéptico no se movía
pues para él, esa era solo otra noticia.
El escrito y la foto de la prensa
con los restos de la masacre
los vio, pero no creyó, pues dijo
que eran notas para vender papel manchado.
El video de la televisión que mostraba
a un campesino luchando con las uñas por su hijo
contra el fusil de un miliciano que lo reclutaba
le pareció que eran los actores de una película
para subir la audiencia del canal opaco.
Pero él, solamente ojeaba todo sin creerlo
ni siquiera, para proteger a su familia.
Hasta cuando su hijo adolescente desapareció

y nadie, supuestamente vio ni supo nada.
Entonces olvidó los riesgos para ir a buscarlo
y el monte fue la única pista sugerida
por los testigos, temerosos de hablar.
Salió a enfrentar sus dudas y el laberinto de la selva
hasta verse rodeado de unos niños milicianos
que lo acusaron de ser el espía más ingenuo.
Su única defensa fue la palabra, silenciada.
Pues solo pudo ver el fuego, y el color del uniforme.
El camuflado que se erigió con las arengas de los chicos
que defendían causas lejanas con frases aprendidas.
De pronto, un rostro aterrado se cubrió de lágrimas.
Eran los ojos de un niño viendo el cadáver de su padre.
Otro caso de la guerra ajena y el dolor cercano
que es solo otra noticia; parte del paisaje.

Oscuras muecas

La calle parecía tranquila como antes
pero el zigzag de unas figuras taciturnas
con la cabeza cubierta y gafas oscuras
buscaban al demandante asiduo
de los anhelos inmediatos.
O al peatón ingenuo, para enrolarlo
en la locura adictiva de una papeleta.
La salida aparente para el facilista
que quiere evadir el desacuerdo
entre la razón y el instinto.
Incursión en el mercado incierto
patinando en el deslizadero
de sus propios engaños.
El remedio para el nuevo candidato
que quiere subir en las encuestas
bajando el miedo, y subiendo la voz
para hacer extenso el discurso
incomprensible.

*Premio para el negociante
engatusador de ingenuos
explotando la lección aprendida.
Los que creen que pueden prolongar
su pasajera inspiración.
Máscaras vendiendo oscuras muecas
para disimular el mercadeo.
Oferta atractiva para el posible cliente
que recibe la muestra gratis
y cae en la trampa de la fiesta
para amarrarse a la tenebrosa cadena.*

Persuasivo tanteo

*El miedo a la nueva pregunta
fue la única defensa del testigo
que no quería cambiar su declaración.
Eso sería aceptar el juego sucio
propuesto por el enviado de los capos
para favorecer el negocio.*

*La carta de los beneficios circula
en el menú, para los invitados
a la elegante cena.
Elaborados falsos argumentos
con lucrativo y mortal adobo
en la variedad de entradas
sin opción de salida.*

*Dilema entre lo débil y lo iluso
navegando en el estómago
de los declarantes.
El libertino músculo glotón
luchando contra el pudor
de los más hambrientos.*

*Persuasivo tanteo
para medir el apetito
de los mayores intereses.
La nueva y más gorda propuesta
lleva la atractiva motivación
de un mejor soborno.*

Bocado oscuro

*Con su apetito
el volumen pide materia
pero la pomposa figura
no quiere gastar su honra en la cacería
que siempre, le ha sido insuficiente.*

*Con su voracidad
la presa no alcanza a aparecer
cuando el zarpazo está listo
seguido por los secuaces
encubiertos.*

*Con su altura
las manos son lejanas
invisibles en el plato.
Pero ellas se ven como las dueñas
de la provocativa presa.*

*Porfiada persecución
del cazador, transgrediendo límites.
El asalto llegó hasta la bolsa del asociado
que terminó convertido en el delator
del corrupto banquete.*

*El disgustado glotón devuelve el plato
y acusa en la plaza y en el juicio
al descontento cómplice.
El curioso epílogo del mordedor mordido
por su propio compinche.*

Destiñendo el verde

*Al leñador no lo detuvo la llovizna
ni el sombrío tono de la madrugada
La falta de luz y el camino enmarañado
eran parte de su medio ambiente
en la vereda, donde no había otra opción
que alquilarse en la tala de árboles.*

*No tuvo que llenar un formulario
ni de probar una especial destreza
para ayudar a destruir el bosque.
Él ya iba por el camino equivocado
donde el hacha y el machete amplían el vacío
de la vida, sobre la piel de la tierra.*

*La línea de corte no selecciona el árbol
para demostrar ser más indolente
que el motor de la sierra.
Los palos caídos entregan el alma en una astilla,
y el campo desnudo ve crecer la nueva yerba
en la oscuridad de una mayor fortuna.*

*El siervo incauto, tuvo que abrir su propia brecha
para esconderse bajo el humo, y huir
del fuego entre los soldados y los vigilantes del negocio.
En la huida, solo vio los despojos de un verdoso tono
entre uniformes, hilachas y manigua
destiñendo el color de una esperanza.*

Ojos llenos

*El asombro llenó los ojos del único testigo
dejándolos pasmados; y solo pudieron parpadear
al salir del caudal del repentino diluvio.
Pero el guardia casual, deseaba agarrar la mano
de algún sobreviviente
entre los que pasaron llevados por los escombros
intentando escapar de la corriente.*

*No hubo tiempo para entender
la magnitud del desastre
que los dejó sin techo.
Solo para oír el estruendo y los gritos
de los demandantes de auxilio
al espectador cercano o distante
del inesperado alud.*

*De pronto vio que llegaban brazos
con diferente afán
moviéndose en las ruinas
de lo que hacía poco fue la casa familiar.
Tal vez era parte de la pesadilla
de una noche, que se le extravió la paz
entre el ruido y las sombras.*

*Resistir, ya le parecía ser un gran consuelo
sin saber que era el único que presumía estar vivo
en medio de las ruinas flotantes.
Pero el testigo que buscaba a sus cercanos
los vio rodando en silencio, sin respiro ni queja
y prefirió callar, para no despertarlos.
Un desfile de escombros fue la imagen borrosa
que fue bajando, con el volumen de su voz.*

La academia urbana

*Una esquina era el seguro escondite
en la improvisada estrategia
que rodeaba la guerra de juguetes.
Cada poste era una fortaleza
para una legión de niños juguetones
disfrazados con la supuesta capa
de los altivos superhéroes.
Al final, las bromas y sonrisas
eran premiadas con refrescos y aplausos
por las manos felices de la madre.
Pero con solo dar la vuelta y volver a ver la calle
se transformó el fantástico escenario.
Nuevos trebejos produjeron fuego y muerte
desde oscuras trincheras.
Ahora, otras manos se extienden negociantes
cambiando el juguete de los chicos
por el arma que apasiona al adulto
y produce mejores dividendos.*

El adoquín más tieso

*No te preocupes por el tono de mi andrajo,
es que me visto con el color del piso de la calle
para que puedas ver mi transparencia.*

*No tapes tu nariz en mis narices,
yo me unto solo el hedor del exiliado
en honor a los que me dejaron sin linaje
y me convirtieron aquí en un peregrino más.*

*Solo permíteme disfrutar las sobras que me dejas
para ajustarme al traje de tierra acumulada
y ser algún día el adoquín más tieso de la esquina.*

Circo y barra

*Un nuevo patrocinador fue la magna ayuda
a la estrechez de la cuadrilla
para financiar la boleta y el costo de las figuras.
La expansión de las consignas pintadas
en el cartel, con el color del equipo.
La voz empalagosa de los medios
ofreciendo los productos salpicados
con su imagen en el escudo y la bandera.
Y los comandos difundiendo la estrategia
con manual de instrucciones.
Consignas al estrato del consumidor
con el mensaje cargado de advertencias
en el escuadrón soporte del grupo.
El hilo guía de los autómatas
en la conducción de las barras.
Congregación de la manada en el estadio
de un coro aleccionado en la contienda
rugiendo goles y bufando derrotas.
Y detrás, el ojo oculto de la gran minoría
vigilando el crecimiento del negocio.
Al frente, la turba enajenada de espectáculo
masticando un abucheo a los rivales
con la mofa, por una jugada limpia
y el desprecio por la victoria del contrario
con la culpa del juez comprado.
Desconsuelo alargado en nuevas filas
para el encuentro del desquite
preparando el nuevo coctel y las cornetas.
Los aperitivos para el siguiente partido
que alimentan la furia de los hinchas
y suben el lucro de la cadena comercial.
Mientras los pocos aficionados añoran
los viejos tiempos del juego limpio.*

Un brazo largo

*Nadie parecía verlo
pero él quiso hacerse notable
con un brazo extendido
señalándole algo al transeúnte.
Tal vez para mostrar los baches de la vía
o quizás solo ofrecía el saludo
que a nadie le interesó.*

*Quiso parecer ruidoso
recomponiendo melodías
en una dolorosa versión
destemplando las cuerdas y las voces
con un duro impacto, por una moneda.
Pero el desgarrado canto
quedó sonando solo.*

*Intentó ser faquir
pero se convirtió en un mago
con acceso al codiciado botín,
para cambiar de bolsillo
a los ajenos valores
que los hizo invisibles.*

*Y sin tener para un pasaje, decidió viajar
colgándose de la puerta del vagón.
Pero el vuelo solo alcanzó para revelar el color
de su barriga azul y los brazos rojos
extendidos en la pista de la calle
como pidiendo el pan, que no encontró.*

2.5

NOTAS NEGOCIABLES

Legada altura

El aura de la dama no es solo un disfraz
para simular las grandes ínfulas
glamorosas, sofisticadas.
Porque estas vuelan más alto
que la de mayor aristocracia, de su clan.

Pero esto es solo una parte de la dote
recibida en sucesión del honor
atadas a la piel de su abolengo.
Y debe mantenerlo
ascendiendo en la escala del estatus.

Ella mira por encima del hombro
que también ha subido la trinchera
para salvarse del admirador
que no alcanza las dimensiones
de los mínimos méritos.

Pero si encuentra un punto más alto
que viene a turbar su despectiva mirada
solo puede haber un valor de negociación.
Porque a su lado, nadie puede brillar mas
que el menos exigente de sus antojos.

La gruta oscura

La creciente chimenea
de las madrigueras urbanas
inunda la estrecha calle
congestionada en el autoservicio.
El producto estrella probado
por el más convincente vendedor.

La aromática señal de alarma
llega a los ángeles guardianes
que se ven forzados a recibir
la propina y la prueba.
Es solo dejar pasar el alijo
a la otra filial de la blanca empresa.

Los zombis de la humeante vía
vagan en la congestionada jaula
entre la bonanza y el tufo
de los beneficiarios.
La red de los magnos proyectos
que van desde la cuna hasta la funeraria.

Al lado opuesto de la humareda
solo corren los pagos del paciente
cayendo al sifón de la jugosa cuenta.
Los autores de la oscura gruta
anticiparon su limpia mansión de escape
en la aislada burbuja, con su aliada estirpe.

El brillo opaco

*Antes del siguiente asalto
protege bien tus movimientos
con la capa renovada
del partido elegido.
Los dueños de la nueva cuota
fruto de la repartición
al grupo de los privilegiados.*

*El monto del faltante
debe ser generoso
para que el proyecto fenezca
sin que exista un doliente.
Algún sapo u otro adversario
insatisfecho.*

*Dejar pasar es selectivo
en el examen de la marca secreta
establecida para el éxito
de una gestión preclara, productiva.
Cada jefe de sección obtiene y da la clave
agilizando el trámite de la cuenta.*

*Para afianzarse, guarda bonos
por la peligrosa intromisión
de los advenedizos
y úntalos con el lodo de una minucia.
Parte del procedimiento establecido
por el líder adiestrado para brillar
en el lado oscuro de los negocios.*

El cuentero más listo

*Con el viejo dicho de: "Trabajar, trabajar y trabajar",
un astuto galán tomó como suyo el lenguaje campesino
con el que el labriego fue colgando el cultivo en la montaña
y cosechó en el campo los cuentos culebreros.
Pero él, encontró el terreno fértil, abonado por años
la ley 100 de la salud, convertida en un negocio privado
la hizo productiva, para su aleccionada secta.
El nuevo encantador de culebras y rucios
trepó en el lomo amaestrado de unos seres sumisos
y en su primer asalto, el Midas del ubérrimo
halló otro filón en un baldío, el paso aduanero de sus hijos.
No hubo jueces ni testigos, que vieran sus atajos,
si su tío, su hermano y socios, ya tenían el libreto
para evadir hasta las altas cortes, que quisieran tocarlos.
Pero un solo mandato no le fue suficiente
al tratar de ocultar las pronunciadas huellas
y en otras más profundas intentó sepultarlas
legislando a su propio favor, sin el menor recato.
En la cuenta anticipada, no alcanzaban los votos
y ordenó a sus secuaces negociar, y asignar notarías
para ser reelegido, a costa del juicio de sus mártires.
Dos gobiernos más, tampoco le parecieron justos
aunque la nueva carga rompía las angarillas
y sacó del carriel de magia paisa el legado monárquico
para elegir al sucesor, solo con su mordaza y venia.
Pero el primer ahijado le rechazó el cabestro
al convertirse, en el Santos traidor, de una causa patriótica
y lo sacaron del círculo, sin el honor de una migaja.
El patrón del rebaño mandó buscar a un lanudo borrego
hábil para cubrir el prontuario de su conchudo pasado
y fue un Duque, con el gran mérito de: El que diga el patrón.
La vuelta del mandado, sin lograr hacer trizas un proceso de paz
le amargó la voz al amo omnipotente, con un premio nobel de paz.
El beneficiario de la derrota fue el insigne Petro, su asiduo opositor
con quien decidió negociar su impunidad por el respaldo;*

y hoy, son los nuevos socios del establo y el circo.

El enviado ungido

*Si no lo firmé yo, el contrato no vale
aunque progrese bien, y les cueste mucho anularlo.
Es la voz del nuevo derrochador genial del presupuesto
de un país enredado en la improvisación sabionda
y en la codicia de los viejos amos, que ahora se suma
a la arrogancia del enviado, con sus males y costos.
Como nada le sirve, ha envalentonado su consigna
para abortar las obras que empezaban a avanzar
y enviarlas al caos, con la flota de su plan de basuras
que una vez nos contagió, con el olor de su alcaldía
y de suma, ordenó a sus áulicos invadir una autopista
porque él no fue el signatario del jugoso contrato.
El viejo proyecto que había consumido mil estudios
y estaba próximo a cumplir el centenario
al fin, había empezado a ejecutarse.
Pero ahora tiene que detenerse, porque falta
su elevado juicio del Metro para hundirlo
llegando hasta el chantaje, para alcanzar su antojo.
No reconoce el concepto del probado experto
y maravilla al mundo con sus revelaciones
sacadas del sombrero de magos y filósofas.
En el palacio, su olfato es el más fiel detector de las mentiras
aunque el hijo, el jefe de campaña, la consejera y sus nanas
se hayan untado hasta el hocico, con su mismo bocado.
El modelo de la paz total es su teatro de negocios
para ajustar la deuda de las apuestas sediciosas
donde la primera línea empuja la compuerta
y detrás, vienen las cuentas de carteles y capos.
Limpiando vías, bajó de la nube a los magnos generales
para montar un peaje mejor con la cuadrilla
que acechaba en la sombra, con proyectos añejos.
Los áulicos, que soñaban con el usual mordisco*

*y rompieron el plato amedrentando, con el grito del lobo
ahora se quejan, porque les van destapando la pocilga.
Los glotones, que no quisieron compartir la crecida porción
y vieron el hambre de un pueblo en la abundancia del vecino
aun no ven el rumbo de los cambios; solo el gesto mesiánico.*

El líder reluciente

*El rescate de una supuesta gloria enajenada
propone Trump en su retorno, como el líder reluciente
ante la aparente calma de Biden, el sobrio opositor.
Es la sonora propuesta, que quiere sacudir la balanza
de la vigorosa y estable, cofradía americana
con la nueva arenga de un descontento jefe, destronado.*

*El recato, fue la vieja imagen que borró en el discurso
cuando la blanca voz de Hillary, sucumbió ante el rugido.
"Hacer de nuevo grande el asediado reino",
es el actual enganche para el oponente desganado.
Un rostro candoroso fue la foto que salió desteñida
y un pulso moderado, no produjo dividendos.*

*El viejo actor ensaya un nuevo número
al frente del exigente público del circo
que asiste otra vez al antiguo show del embeleco.
La falsa verdad fue la fórmula atractiva
para el que quiso imponer un argumento opaco
sobre el blanco estudio probado en la academia.*

*Dijo desconocer el fenómeno climático
para justificar el alto rendimiento del negocio
de los amigos que aprovecharon el discurso.
Son los seguidores del moderno curandero
que dijo ser el descubridor de nuevas pócimas
para evitar el malestar de una vacuna.*

*Negar, fue la fórmula empezada
con la que quiso ocultar el asalto y las demandas
ignorando preceptos, documentos y testigos.
Ahora vuelve, ente el clamor de los fieles e incrédulos
ayer seducidos con la voz salvadora de oídas amenazas
y hoy se aturden con el ruido y el poder de otras ofertas.*

El poder huérfano

*Qué va a ser del poder sin ti
si ya no tiene el bastión
de tu insolencia.
Dónde podrán encontrar la figura
para tan blanca sombra
desconocida por los irreverentes
con las rodillas desgastadas.*

*Cómo retomarán el camino
señalado en la secreta dirección
de la iluminada agenda
estratégicamente refundida.
Él era el poseedor del mapa
legible por su genial punto de vista
indiscutible, prodigioso.*

*Quién podrá ver sin tus ojos
los reflectores destronados
que dominaron la luz con solo abrirlos
y conocieron la ruta con el primer paso.
Ningún sendero fue la vía correcta
hasta cuando llegó el timonel
del Mesías salvador.*

*Desventurado reino
incapaz de reconocer a los enviados
electos por la suprema voluntad del séquito
cobijado con el favor devuelto.
La deuda es ascendente
comprometedora.*

*Espantoso, dibujan el desastre
si no tienen el manto encubridor
del asaltante y su pandilla, disfrazados.
Pero unos dicen que asusta menos repetir el suplicio
que el terror de la turba amenazante
entusiasmada, con la idea de un mejor tirano.*

El valor del borrego

*El dueño del berrido
no quiere asustar a nadie;
es solo que le teme al silencio.
Tiene que hacerse sentir
para asegurarse que aún está vivo
en medio del diezmado establo.*

*No pretende ser la voz
que reclama por la ración ausente
de la manada hambrienta.
Solo berrea; y rumia las contadas sobras
que se le quedaron al avaro
en donde recogió la gran cosecha.*

*Su mirada no tiene que elegir
la ruta de sus pasos
porque ya está marcada.
Solo tiene que seguir al montón
que va a depositar el sufragio.
La única forma de paliar la hambruna.*

Pero el quejido también le sirve al cazador
para ubicar la ruta del abstemio
y cobrar la falta de civismo en los comicios.
La actualizada lista de los borregos
que no ejercieron el derecho al voto.
Los electores rodeados de astutos lobos.

El canto de la gallina

Ella quería volar sobre el corral
para tomar revancha.
Dejar caer sobre otras cabezas
lo que ensució la suya.
Anhelaba cantar más fuerte
que el líder gritón del gallinero
para opacar el clarín
que no le permitía oír su queja.

Subió por la ruta clandestina
de los informantes del acoso laboral
cayendo en el iluso vuelo de un ala corta
y en el calificado, ligero peso de la falta.
A cambio, encontró que el sucio halago
era una flor, al blanco velo de su género
y no la mancha de un asalto armado
desde el alto balcón del gallinero.

Y la acusación del repetido aprieto
fue llevado a juicio; pero ella fue la culpable
por falsa denuncia y el incitante cacareo
que solo despertó al capataz, y enmudeció a los testigos.
La rebeldía de la víctima solo consiguió agravar la pena
subir la producción, con doble turno.
Pero ella, aún halló fuerzas para subir el volumen
de la queja, frente al propio bandido, juez y parte.

Los aullidos de un sapo

*Puedes seguir llamándome: «soplón»
por abrir mi boca, evitando que la tuya
mordiera el anzuelo en la trampa.
Eso fue, porque advertí un hálito capcioso;
precaución ladina del ingenuo
ante el padrino, socio de la avidez
que yo no tengo.
Pero no me digas cobarde
por rechazar un bocado
del cebo puesto a las ratas
cuando no deseas compartir la porción
y no me vendes tu antídoto.
Excusa mi falta de confianza
en la carta puesta bajo la mesa.
Es que la timidez no me permite
bajar la guardia, cuando rondan testigos.
Ofertas pobres, no venden.
Perdóname la grosería
de atreverme a señalar la mugre
donde la claridad es mancha.
El aporte es cobrado con rendimientos
hay campañas costosas.
Sin poder sobornar el rencor
ni compartir los desmanes
permíteme admirar la frescura
de los que manosean y pican la torta.
Merecida concesión, por la campaña política.
Inhábil para arrodillarse en el festín
un delator de tus fechorías te saluda
sonriendo contigo, por la ridícula sanción.
Otro roedor amonestado, solo para que limpie excesos
y afile los dientes, para no dejar huella en la mordida
guardando la compostura del apreciado clan;
los aullidos de un sapo, frente a las pulcras ratas.*

La antena roída

*Una torre imponente hacía alarde
con los productos de la telefonía pública
repartiendo las señales multiplicadoras
de trabajo, servicios y negocios
cosechados en tierra propia
y en el eco de los corresponsales.
Era la torre estandarte de la corona
pero sus amos y siervos la roían.
Para los jefes avispas, ella era el premio y la cuota
por el aporte electoral en la campaña
que luego, compartía el pastel del elegido
con los cuidadores del queso y los proyectos.
A su lado, una horda de sedientos bichos
les ayudaba a cuidar la caja y el panal
con el vasallo halagado y su ávida lengua.
Pero también fue la ilusión de una antigua tropa
de aplicadas abejas; las operadoras sometidas
al agudo volumen de un auricular
para llevar al aire, el polen vital de una llamada
que fecundó el cultivo en la florida huerta.
Otros insectos, detrás de los saqueadores
siguió el ruido de los manifestantes
repitiendo las consignas exculpatorias,
pero los zánganos fueron buscando el sofá
de los permisos, para no hacer nada.
Y una conspiración de brillo apocalíptico
en el dominio global de los negocios
fue engendrado, para explotar el caos producido
con la codicia del enjambre doméstico
y la ayuda de los beneficiarios del poder.
Saquearon el cofre del negocio, y el tesoro del servicio
escondiendo las manos sucias, detrás del envoltorio.
(El emblema global de TELECOM)
el colorido aviso que empezó a acercar al país y a su gente.
Mientras tanto, los cómplices preparaban la propuesta*

para regalarla a escondidas, sin vergüenza ni juicio.
Y así, actores y espectadores, indolentes en el asalto
terminamos sepultando a una gloriosa empresa.

CONTENIDO

1.0 PRIMERA PARTE. EL EDÉN, SU ALMA Y SU ESTROPICIO
Entrada libre

1.1 LAS MARAVILLAS DE LA LUZ
La señal de origen
Hágase la luz
La mira de un explorador
Un salto al vacío
Fuego sin luz
Un farol espía
La luz de una mirada
Mi porción luminosa

1.2 FORMAS LÍQUIDAS
Pintando el lago
La efusiva copa
De la nube al charco
Las divas mutantes
La cascada lejana
La fuerza del molino
Acordes blancos
Señales migratorias
Sueños de un batracio

1.3 COLORES Y SONIDOS
Detrás del bosque
De la semilla al árbol
Las pedigüeñas frescas
Sueños coloridos
Al frondoso lactante
El color del canto
Huellas aéreas
Rondas de cigarras
El timbal del grillo
Detrás del bosque

1.4 RESPIROS ROTOS
El golpe del minero
La mama grande
La nave estoica
Caro aliento
Aplausos secos
Ondas salteadoras
Ángeles migratorios
El vigía ahumado

1.5 SENTIDOS SUPLICANTES
Tala de respiros
Afinando efectos
El lente escrutador
La oreja alerta
Larga y locuaz
Rojo vivo
Negra meta
El piadoso glotón
Dudoso pasado

1.6 PESCA DE MOMENTOS
Figuras sonoras
Pescando signos
Detrás del papel
Midiendo gozos
La alegría de leer
El atleta dormilón
La pista del oso
El tablero manchado
La hoja del testigo

2.0 SEGUNDA PARTE. LA VENTANA VIAJERA
Una ventana abierta

2.1 ARMANDO VIAJES
El novel viajero
Las olas y el viento
La aldea expropiada
Al lado de un gran lago
La antigua calle
El temor al vacío
El convoy del tiempo
El seguro final

2.2 IMÁGENES CERCANAS
La invitada ausente
Dulce emboscada
El poder naciente
Cruzando el remolino
Rescate de notas
Un golpe gentil
La próxima visita
Todo, no es suficiente

2.3 PASOS MARCADOS
Las horas reacias
Abriendo vías
La casa de los abuelos
La palabra del Papa
Delirios de una roca
Juegos aéreos
Lágrimas secas
Los restos del cura
Sombras en el semáforo
La galería invisible

2.4 PIEL COMPARTIDA
- Dolor vecino
- Oscuras muecas
- Persuasivo tanteo
- Bocado oscuro
- Destiñendo el verde
- Ojos salientes
- La academia urbana
- El adoquín más tieso
- Circo y barra
- Un brazo largo

2.5 NOTAS NEGOCIABLES
- Legada altura
- La gruta oscura
- El brillo opaco
- El cuentero más listo
- El enviado ungido
- El líder reluciente
- El poder huérfano
- El valor del borrego
- El canto de la gallina
- Los aullidos de un sapo
- La antena roída

Made in the USA
Middletown, DE
27 April 2024